文春文庫

狐火ノ杜（きつねびのもり）

居眠り磐音（七）決定版

佐伯泰英

文藝春秋

目次

「居眠り磐音」

主な登場人物

坂崎磐音（さかざきいわね）
元豊後関前藩士の浪人。藩の剣道場、神伝一刀流の中戸道場を経て、江戸の佐々木道場で剣術修行をした剣の達人。

小林奈緒（こばやしなお）
磐音の幼馴染みで許婚（いいなずけ）だった。琴平、舞の妹。小林家廃絶後、遊里に身売りし、江戸・吉原で花魁（おいらん）・白鶴（はつかく）となる。

坂崎正睦（さかざきまさよし）
磐音の父。豊後関前藩の国家老。藩財政の立て直しを担う。妻は照埜（てるの）。

福坂実高（ふくさかさねたか）
豊後関前藩の藩主。従弟の利高は江戸家老。

中居半蔵（なかいはんぞう）
豊後関前藩江戸屋敷の御直目付。

金兵衛（きんべえ）
江戸・深川で磐音が暮らす長屋の大家。

おこん
金兵衛の娘。今津屋に奥向きの女中として奉公している。

鉄五郎(てつごろう)　鰻屋「宮戸川」の親方。妻はさよ。

幸吉(こうきち)　深川の唐傘(からかさ)長屋に暮らす叩き大工磯次(いそじ)の長男。

今津屋吉右衛門(いまづやきちえもん)　両国西広小路に両替商を構える商人。内儀のお艶(えん)と死別。

由蔵(よしぞう)　今津屋の老分番頭。

佐々木玲圓(ささきれいえん)　神保小路に直心影流の剣術道場・佐々木道場を構える磐音の師。

品川柳次郎(しながわりゅうじろう)　北割下水の拝領屋敷に住む貧乏御家人の次男坊。母は幾代(いくよ)。

竹村武左衛門(たけむらぶざえもん)　南割下水吉岡町の長屋に住む浪人。妻・勢津(せつ)と四人の子持ち。

笹塚孫一(ささづかまごいち)　南町奉行所の年番方与力。

木下一郎太(きのしたいちろうた)　南町奉行所の定廻り同心。

中川淳庵(なかがわじゅんあん)　若狭小浜藩の蘭医。医学書『ターヘル・アナトミア』を翻訳。

権造(ごんぞう)　富岡八幡宮の門前にやくざと金貸しを兼業する一家を構える親分。

『居眠り磐音』江戸地図

新吉原
寛永寺
上野
不忍池
浅草
待乳山聖天社
向島
浅草寺
吾妻橋
業平橋
品川家
北割下水
本所
竹村家
南割下水
柳原土手
両国橋
金的銀的
横川
竪川
今津屋
大川
鰻処宮戸川
六間堀
日本橋
猿子橋
小名木川
新大橋
鎧ノ渡し
深川
金兵衛長屋
霊岸島
八丁堀
永代橋
永代寺
富岡八幡宮
佃島
越中島

護国寺
↑至 王子稲荷
小石川
本郷
牛込
豊後関前藩
上屋敷
湯島天神
神田川
佐々木道場
神田明神
駿河台
神保小路
市谷八幡宮
内藤新宿
江戸城
四谷
四谷御門
麴町
平川天満宮
南町奉行所
溜池
数寄屋橋御門
原宿
愛宕権現
増上寺
芝
渋谷
至 品川宿、海晏寺↓

狐火ノ杜

居眠り磐音（七）決定版

第一章　紅葉狩海晏寺

一

旧暦立冬を過ぎると、風流な江戸っ子は紅葉狩りを話題にした。

江戸近郊の紅葉の名所は、品川北馬場の万松山東海禅寺、東叡山清水堂、谷中天王寺、滝野川、高田穴八幡、大塚護国寺、品川外れの海晏寺など多く、時代によって人気が移り変わった。

この朝、坂崎磐音は宮戸川の鰻割きを気もそぞろにやり終えようとしていた。なにしろ、かたわらには鰻捕りの幸吉少年がいて、

「浪人さん、鰻を摑むこつをまだ覚えてねえな。そいじゃあ、二度手間だ。頭の辺をすっと摑んで、さあっと一気に割くのさ」

とか、

「ああ、そいじゃさ、鰻が可哀想だぜ」

と小煩かった。

「幸吉、坂崎の旦那は毎朝、何百匹もの鰻を割いてきた達人だ。おめえがそこでぐたぐた言うと、こっちの手順も狂わあ」

と若い職人の松吉が叫んだ。

「松吉さんの仕事はまだまだだねえ。そいじゃあ、せっかくの活きた鰻が死んで炙りにかけられることになるぜ」

「馬鹿野郎、おれっちの仕事は鰻を背開きにして成仏させることだ。死ぬに決まってらあ」

「鰻割きを何年やってるんだい」

「五年目だ」

「分かっちゃいないねえ。達人が割くと、鰻は死んでるようで死んでねえ。ぴーんと活きたまんま炙りにかけられるから、うまい蒲焼ができるんだ。死んだ鰻を焼いたって、上物にはならねえよ」

「この野郎、大人をからかいやがって」

松吉が包丁を振り上げた。

「松、幸吉の言うとおりだぜ。同じ鰻でも、始末次第では死んだ鰻と活きた鰻に分けられる。こいつは焼いてみりゃあ、分かることだ。ほれ……」

話を聞いていた鉄五郎（てつごろう）親方が井戸端に出てきて、磐音と松吉の割いた鰻を二匹並べて持った。

「見てみねえ」

「確かに、坂崎の旦那のはぴーんとしてるが、おれのはしなっとして、くたばってるようだ」

と感心した。

「そこで感心してどうする。せいぜい幸吉にやり込められねえように修業を積むこったな」

といつもの小言になった。

なにはともあれ、磐音と松吉と次平（じへい）の三人で手分けした下拵え（したごしら）は終わりに近付いていた。

「幸吉、朝っぱらから坂崎さんにへばりついてるようだが、また浅草奥山にでも連れていってもらう算段か」

「松吉さん、この時節、紅葉狩りだぜ。おれたちは品川の先の海晏寺まで押し出そうって寸法さ」

「そいつは風流なこった」

「松吉さんには紅葉より品川宿のほうがお似合いだな」

「ちぇっ、『海晏寺まつかなうそのつきどころ』ってな。おめえの言うとおり、おれは紅葉なんぞより化粧の匂いのする若い女郎がいいな」

「せいぜい腕を磨いて銭を稼ぎな。遊里でもてるのは面でもなければ格好でもねえ。銭と気っ風だ」

「なんて餓鬼だ、最後の最後までからかわれっぱなしだぜ」

　松吉がぼやいた。

　その日、磐音と品川柳次郎は紅葉狩りを企て、若狭小浜藩の家臣にして蘭医の中川淳庵とおこんを誘っていた。

というより、おこんが今津屋から暇が貰えるというので持ち上がった話だった。

　今津屋吉右衛門の内儀のお艶が実家の伊勢原で亡くなり、彼の地で弔いを済ませた。吉右衛門が江戸に戻ってきたのは、九月初旬のことだ。

　江戸でも内々の葬儀を済ませて、今津屋がどうにか日頃の暮らしと商いを取り戻したのは、月末になってのことだ。

お艶の大山詣でから気の遣い通しだったおこんに、吉右衛門は休みをとるよう命じた。だが、おこんは、

「一番、苦労をなさったのは旦那様にございます」

と休みを取ることを拒んだ。

そんな話を耳にした磐音は、柳次郎と淳庵を誘っての紅葉狩りを口実に、おこんの慰労をすることにしたのだ。ついでに幸吉とおそめを誘い、総勢六人で品川の外れまで繰り出すことにしていた。

幸吉は磐音と一緒に六間湯に行くのだと、先ほどから宮戸川の井戸端でだれかれとなくちょっかいを出していたというわけだ。

「よし、終わった」

井戸端に各種の割包丁やら目釘、大小の桶に竹笊、さらには俎板が運ばれた。

「坂崎さん、朝餉を食べて早々に湯にお行きなせえ。そう幸吉にまとわりつかれたんじゃ、松吉でなくとも気忙しい」

鉄五郎親方の許しに磐音は先に上がらせてもらった。

その朝、幸吉にも朝餉が用意されていた。二人で競い合うように食べると宮戸

川を飛び出した。

鰻割きの仕事は、深川暮らしを始めた頃に大家の金兵衛が紹介してくれた。

朝の間のせいぜい一刻半（三時間）の仕事で百文と朝餉付きだ。

それに休みを取るにも融通が利いたから悪い仕事ではない。ただ、活きた鰻と格闘すると、ぬるぬるとした臭いが体じゅうに染み付いた。そこで朝湯は欠かせぬ日課だった。

六間湯で磐音と幸吉は交互に背中を流し合い、磨き上げた。

「浪人さん、急いでくんな。長屋でよ、おそめちゃんが首を長くして待ってるぜ」

湯を出た足で幸吉は唐傘長屋におそめを迎えに行き、磐音は金兵衛長屋に戻った。

生臭さが染みた袷を季節の綿入れ小袖に変えた。着流しの腰に大小を差し落とせば、外出の仕度は終わった。

金兵衛長屋を出るとすでに六間堀に幸吉とおそめが立っていた。

「待たせたようだな」

おそめがぺこりと頭を下げて、

「お招きいただきまして」

とすっかり大人の挨拶をした。

「女がおこんさん一人では寂しかろうと思うたのだ。気にすることはない」

三人は深川六間堀から竪川に出て、両国橋を東から西へと渡った。すると朝市の名残りを見せた広小路が広がり、その一角の米沢町に分銅看板を掲げた両替商の今津屋が見えた。

今津屋は江戸の両替商六百軒の筆頭、両替屋行司を務める大店だ。

今日も本両替から兌換商いまで大勢の人で賑わっていた。

「おや、来られましたな」

帳場格子の中から老分の由蔵が顔を上げた。

「ちと早かったかな」

「なんの、淳庵先生は半刻（一時間）以上も前に見えて旦那様を診ておられます」

「今津屋どののお加減が悪いのでござるか」

「いやいや」

驚く磐音に由蔵が顔の前で手を振り、

「旦那様は、亡くなられたお内儀様の介抱やら弔いで無理をなさいました。そこで淳庵先生がご親切にも、念のために診て進ぜましょうと言ってくだされたのです」

「おおっ、それはよき考えですね。人の介抱でわが身が病むという話はよく聞きます」

そのとき、奥から淳庵とおこんが姿を見せた。

「中川さん、今津屋どのの具合はどうかな」

「首筋に少々凝りが残っているが、五臓六腑もいたってお健やかです」

「それは一安心。なにしろ当代一の蘭医どのの御診立てだ」

と叫んだのは由蔵だ。

淳庵は、この秋、畢生の解剖学翻訳書『解体新書』を上梓したばかりだ。ために彼の名は杉田玄白、前野良沢らとともに、江戸でも急に知られるようになっていた。

「由蔵さんにおこんさん、次の折りにはそなた方を診て進ぜますぞ」

淳庵の言葉に二人は、

「私はどこも悪くはございませんよ」

「医者なんて大っ嫌い」

と慌てた。

と、そのとき店に顔を出した吉右衛門が、

「いえ、淳庵先生にはちゃんとお願いしておきました。老分さんと奥向きの要が倒れでもしたら一大事、診てもらいますよ。私も今朝方までお医師に診てもらうなど考えもしませんでした。ですが、診ていただいてほっとしました。ぜひとも二人にはじっくりと診てもらいましょうかな」

と言って笑った。そこへ店先から、

「おや、私が最後か」

と品川柳次郎が顔を出して、海晏寺紅葉狩りの六人が勢揃いした。

四半刻（三十分）後、六人は船頭小吉の櫓で永代橋を潜り、大川河口からゆったりと江戸の内海に出ていこうとしていた。

今津屋では船宿川清に話をつけて、おこんらを水行で品川宿外れの海晏寺まで送り迎えすることを考えていた。船頭を含めて七人が乗り、内海に出るというので川清では、猪牙舟ではなく一回り大きな船を用意してくれた。

お艶の死の前後、必死で働いてくれたおこんと磐音になにかお返しをと考えていたのだ。そんなこんなで、徒歩での紅葉狩りが船での遊行になった。

「今日は寒くもなければ風もない、船遊び日和というのでしょうな」

淳庵が舳先から笑みを浮かべた顔を巡らした。

そのかたわらには幸吉とおそめが並び、おこんを囲んで柳次郎と磐音が座していた。

「二十四節気の立冬も過ぎたというのに、こんなに穏やかなのは珍しゅうございますぜ」

小吉が櫓を器用に使いながらきびきびとした口調で言いかけた。

「佃島から浜御殿を、海から眺めるのはいいものね」

おこんがのんびりとした声を上げた。

「おれはよ、船で海を押し渡るなんて初めてのこった。船頭さん、大丈夫かねえ」

先ほどから黙り込んでいた幸吉が胸の不安を口にした。

「あら、幸吉さんは怖いの」

おそめに言われて、

「怖かねえや。ただよ、尻っぺたがむずむずするのさ」

と強がりを言った。

「下りてもいいぜ。岸まではせいぜい二丁ばかりだ」

小吉が笑いかける。

「冗談は言いっこなしだ。おれは、鰻捕りだから川は大丈夫だが、海はからっきし駄目だ」

「幸吉さん、なにかあればあたしが助けてあげる」

とおそめが言い切った。

「おそめちゃん、頼むぜ」

今日の幸吉はえらく神妙だ。

船が笑いに包まれる。

「いいわねえ、幼馴染(おさななじ)みって。ああやって素直に頭が下げられるんだもの」

と言うおこんの脳裏には、有為転変の運命に翻弄(ほんろう)されて、吉原の花魁(おいらん)として売り出し中の白鶴(はっかく)こと奈緒(なお)のことがあった。

坂崎磐音の許婚(いいなずけ)だった奈緒は、豊後(ぶんご)関前(せきまえ)藩のお家騒動に巻き込まれ、兄を失い、家名を断絶され、貧苦に落ちた一家のために身売りした。だが、それだけでは奈緒の流転は終わらなかった。

肥前長崎、豊前小倉、長門赤間関、京島原と遊里を転売された後、江戸の吉原に身売りされていた。だが、その旅は道中双六を見るように輝きを失うことなく、泥沼に大輪の花を咲かせようとしていた。

その白鶴に顔を合わせようともせず、磐音はただ陰から白鶴を支え続けているのだ。

(男と女、肌身を合わせるばかりが恋じゃないかもしれない)

いや、

(真の恋とは、こんなふうに互いを想い合って生きていくことじゃないかしら)

とおこんは思って、磐音を振り返った。

磐音は風のない穏やかな日和のなか、品川の浜と並行して京へと上る街道の往来を眺めていた。

ふいに磐音を振り向いたおこんを見て、

「おこんさんも船が怖くなったか」

「もし船が沈むようなことがあったら、おそめちゃんのように私を助けてくれる」

「なんだ、そんなことを考えていたのか。それがしは豊後関前の海育ちゆえ、おこんさんの一人や二人、負って浜に泳ぎついてみせる」

「安心したわ」

　おこんがほっとした声を洩らし、船にまた笑い声が上がった。

「中川さん、『解体新書』の評判はいかがですか」

　磐音が舳先に座る友に訊いた。

「古い医師の方々には評判が悪いですね。わざわざこんな解剖図を本にしなくとも、体の仕組みくらい承知だというのです。ですが、若い医者や医学を志す青年諸氏には圧倒的に支持されて、一冊の本を皆で筆写したり、読み合って勉強会を続けたりしているようです。杉田玄白どのをはじめ、われらはそんなところに招かれて、講演をすることもあります」

「それはなにより。年寄りが新しい風潮を素直に受け入れようとしないのは、いずこも同じです」

「まったくです」

　二人の会話を聞いていた幸吉が、

「お侍さん、解剖図ってなんだい」

「解剖図か。人の体の中には心の臓、腎の臓、肺の臓、脾の臓、肝の臓などの五臓や、血を通す管や骨や筋肉が整然と詰められておってな、それが順に動くゆえ、われらは体を動かし、言葉を喋(しゃべ)り、物事を考え、生きていることができるのだ。そんな仕組みを異人たちは何百年も前から研究して、病に倒れた人を治す手立てを考えていたのだ。われらが日本(ひのもと)の言葉に訳した『解体新書』はそんなことを解説した本なのだ」

と淳庵が説明した。

「そりゃ、大事なことだ」

幸吉が真面目(まじめ)な顔で頷(うなず)いた。

「幸吉さんは南蛮(なんばん)の本のことが分かるの。あたし、なんだか気持ちが悪いけど」

おそめが小声で幸吉に囁(ささや)いた。

「おそめちゃん、宮戸川でよ、三人が鰻を割く仕事をしているだろう。浪人さんと次平じいさんは鰻の臓物がどこにあり、骨がどこを通っていると知って、包丁を入れてるんだ。だけどよ、松吉さんは勘だけで最初の割包丁を入れるものだから、臓物が潰(つぶ)れることもあらあ。骨を傷つけて身を汚くすることもある。これと一緒で、人の体の中の五臓六腑がどこにあるかも知らねえ医師が病人を手早く治せるはずがねえ」

「幸吉さんたら、人と鰻を一緒にして」

「いや、幸吉の申すことはまったく正しいぞ。生き物はそれぞれ仕組みが違うが、内臓や血管や骨や筋肉で造られていることに変わりはないからな」

「ほれ、みねえ。坊主頭のお侍さんは人の体の仕組みを解いた本を出してよ、金兵衛長屋の浪人さんは、毎日鰻の解剖をしているようなもんだ」

「幸吉さんが話してくれるとほんとうに分かりやすいわ」

おこんまでもが幸吉の説明に妙に感心した。

「幸吉、この次にな、年寄り医師どもが文句をつけてきたら、そなたを伴い、物事はなんでも真実の理（ことわり）を知ることが大切なのだと説明してもらおう」

「おうよ。そんな固え頭にはおいらが鰻の解剖をとくと説明してよ、美味（おい）しい鰻と不味（まず）い鰻は解剖の上手下手次第ってよ、一講釈してやるぜ」

と幸吉が胸を張った。

船はさほど揺れることもなく品川宿の沖を通過して、御府内（ごふない）ぎりぎりのところに建つ海晏寺の浜に着けられた。

二

〈鮫洲海晏寺　最明寺時頼入道植置れし所といふ。古よりの名所にして詩歌多し。山中の楓樹いずれも古木にして、庭中も趣あり。紅葉の頃都下の騒人此処に集ふ……〉

古書にこう記された海晏寺は、補陀洛山海晏寺、曹洞宗の寺であった。

また『江戸名所花暦』には、

〈品川鮫洲にあり。当山は江府第一の楓の名所なり。寺記に曰く、後深草天皇建長三年（一二五一）亥冬、当寺門前の海中より大いなる鮫、漁夫の網にかかりてあがりしが、その腹中より正観世音出現し玉ふ。故に鎌倉へ訴へしに、時頼朝臣希代の事とし、これ則天下安全の瑞なるべしと、そのほとりに堂塔を建られ、かの観音を安置して、山号は観音の浄土に準へて補陀洛山と号し、四海安平の義によりて海晏寺とせらる……〉

とある。

小吉は船を東海道の海晏寺前の浜に着けた。観音像が鮫の腹から出た浜だ。

　街道の左右は門前町で、茶屋、料理屋が並んでいた。さすがは紅葉の名所、風流人に騒人、酒酔いなど大勢の見物客が、駕籠（かご）や徒歩で山門を目指しているのが茶屋の間から見えた。

「小吉どの、船をどこぞの茶屋に預けられぬか。共に紅葉狩りに参ろうではないか」

　磐音の言葉に小吉が、

「わっしもご一緒させてもらってよろしいんで」

と嬉（うれ）しそうに言うと、

「知り合いがおりやす。浜の漁師に声をかけておけば、悪さをされることもありませんや」

と綱小屋に走っていった。

　すでに刻限は昼に近かった。

「幸吉どの、まずは紅葉を愛（め）でてな、それから中食（ちゅうじき）だ。しばらく辛抱いたせ」

「あいよ」

と船から上がって元気を取り戻した幸吉が返事をした。

　小吉が戻ってきて船を浜に上げ、浜に立てられた棒杭（ぼうくい）に舫（もや）い綱を巻きつけた。

満ち潮になっても沖に運ばれることはない。

「これでよし」

七人になった一行はまず浜に並ぶ茶屋の間を抜けて、東海道を横切った。

総門を潜り、中門を抜けて、まずは鮫洲観世音を安置してある本堂にお参りする。

「これからが本式の紅葉狩りだ。境内は南北十二丁東西十丁と広く、松千本、欅千本、楓樹千本が植えられておるそうだ」

と柳次郎が先頭に立った。

幼年の砌、祖父母に連れられて一度見物に来たという。

方丈のかたわらの暗がりから奥山に入ると、黄葉紅葉の楓が七人の目に飛び込んできて、

「これはなかなかの見物だな」

と淳庵が嘆声を上げた。

海晏寺本堂の後ろは小高い岡や谷になっていて、そこに錦繡の紅葉が植えられ、それが古木になってさらに風情あるものとしていた。さらにこの海晏寺の岡は、桜の名所の御殿山に連なっていた。

「これほどのものとは思いもしませんでした」

おこんも応じた。

さらに山路を辿ると、紅葉の樹の下で毛氈や縁台を出して、茶を点てる人や俳句を詠む風流人が見られた。

「これは命の洗濯だわ」

紅葉が織り成す色彩の幻想にただただ酔い痴れたようにおこんが呟いた。

「おこんさん、死んだ祖父が、海晏寺には蛇腹紅葉に千貫紅葉、花紅葉、浅黄紅葉、緋梅紅葉、猩々紅葉と種類があるぞと説明してくれたのを、子供心に覚えていますよ」

「そんなに種類があるんですか」

「もっとも、どれが千貫紅葉か浅黄紅葉か、区別はつかない。ただ、祖母が真っ赤な紅葉を指して、あれが猩々紅葉ですよと教えてくれたのは妙に心に残っている」

「品川さんはよい思い出をお持ちだ」

磐音が感心すると、

「北割下水の御家人にも風流心はあると威張りたいところだが、品川の宿場外れの知り合いに借金の申し込みに行った帰りに、祖父が祖母を誘って立ち寄ったんですよ。そのときは分からなかったが、だいぶ大きくなって、ははあん、と納得したものです」

と種明かしをして柳次郎が笑った。

さらに一行は紅葉の間の山道を辿ると立冬過ぎの陽射し(ひざし)が紅葉を透(す)かしてあたり、その葉群越しに品川の海が望める場所に出た。

「おおっ、これは」

淳庵も絶句した。

一行はもはや言葉を失い、風景の中に身を置いて自然の生み出した驚異を堪能(たんのう)した。

磐音は海晏寺に行くというので物知りのどてらの金兵衛に訊くと、

「よいところに目をつけられたな。昔から海晏寺は江戸の楓の名勝として有名でな。今頃は庭中に錦の織物を広げたように見事な紅葉であろう。海の蒼(あお)、山の紅、それぞれが書院や僧房に映えて、眼福これに勝るものなし、といったところであろうよ」

と教えてくれたが、その賞賛そのままの光景が眼前にあった。

しばし言葉を忘れ、悠久の風に吹かれて佇(たたず)んでいた。

「あのう」

と幸吉が情けない声を上げた。

「紅葉もいいけど、腹の足しにならねえ。浪人さん、どこぞでなんぞ食べさせてくんな」

「おおっ、そうだな。われらも喉(のど)が渇いた」

磐音は一旦浜に下りようかと皆に提案した。

紅葉の岡のほどよいところに料理茶屋が一軒、寺に許されて店を開けていたが、磐音らの懐(ふところ)では少々無理がありそうだった。

それは木の葉隠れの茶屋の風情でも分かった。一方、街道まで下りれば、安直な料理茶屋から漁師のやっている店まで雑多にあった。

「紅葉を愛でに来たのよ、この風景を肴(さかな)にお酒をいただかない手はないわ」

紅葉の樹間の向こうの料理茶屋をおこんが窺(うかが)った。

「懐具合と相談したが、あれは無理だな」

「そのことならご心配なく」

と言っておこんが、

ぽーん

と胸を叩いた。

「心配なくと言っても、七人なれば小判が何枚も要るだろうに」

柳次郎も心配した。

「品川さん、こんにお任せあれ。まあ、私についていらっしゃい」

おこんは茶屋の門前に案内するように先頭に立った。

磐音たちはおこんの気迫に圧されてなんとなく従った。

ちょうど客を見送りに出ていた女将が、子供に船頭まで引き連れた若い一行をにこやかに迎えた。

「もしや、壱兆亭のお菊様でいらっしゃいますか」

「はい、私が菊にございます」

「今津屋のこんと申します」

「おこん様、ようういらっしゃいました。由蔵様から文を貰いましたよ。ささっ、どうぞ、座敷を用意してございます」

「女将さん、私どもは見てのとおりの気軽ないでたちにございます。堅苦しい座敷では息が詰まります」

「紅葉の季節は大勢のお客様をお迎えしますので、大座敷を設えてございます。互いに普段の身分を忘れて、風流と料理とお酒を楽しんでくださいまし」

と案内に立った。

磐音が玄関先でおこんに訊いた。

「おこんさん、これも今津屋どのの心配りか」

「坂崎さんが私を励まそうと紅葉狩りに誘い出してくれたのを聞いた老分さんが、旦那様と相談して、船と壱兆亭を予約してくださったの」

「なんだか客人にもてなされているようだ」

「旦那様は、坂崎さんが後見のお礼も受け取ってくれないことを気にしておられました。その代わりと思って、好きなだけ食べて飲んでください」

海が見える側の障子を取り払った大広間では、すでに数組の客が紅葉と品川の海を楽しみながら飲食していた。武家もいれば、町人の集まりもあった。

磐音たちはさらに海のほうに突き出した座敷に通された。そこは十二畳ほどの離れで、だれに気兼ねもいらなかった。

「浪人さん、三方から紅葉や海が見えるぜ」

幸吉が歓声を上げたほど、さらに一段とよい眺めだった。

「今すぐに料理とお酒をお持ちします」

座についた七人を残すと女将は離れを出た。

「坂崎さん、私たちはあなたの働きの相伴に与る(あずか)ようですね」

中川淳庵が笑いかけた。

「中川さんも先ほど一仕事なされたではありませんか」

「診立てですか、あれはこちらの思いつきにござる」

「今津屋どのが留守の間の後見といっても、ただ帳場格子に座っていただけなのだがな」

「いえいえ、それはお似合いでしたよ」

とおこんが真面目な顔で言い出した。

「伊勢原から戻られた旦那様が、若旦那がいるようだと感心なされたほどです」

「招き猫ほどの働きもしておらぬのに、この饗応(きょうおう)はちと心苦しい。だが、本日はすべてを忘れようか。なにしろそれがしと品川さんが最初に話し合ったのは、おこんさんの慰労をしようというものでな」

「なんでもいいや。今津屋どのが後ろ盾なれば大船に乗った気分だ」

柳次郎が覚悟を決めたように笑った。

膳が運ばれてきた。二の膳、三の膳付きの料理だ。

「こりゃあ、食いきれねえぜ」

幸吉が叫んだ。

「幸吉さん、食べきれなければ折りに詰めてもらって、お土産にしてもいいのよ」

おこんに言われた幸吉は、

「よし、この焼き鯛には手をつけねえ。と、この汁は持って帰れねえな」

と膳を勝手に分けて並べ替えようとした。するとおそめが、

「幸吉さん、料理は目で食べるってだれかが言っていたわ。まずは料理人さんの工夫と腕前を楽しむものよ」

と注意した。

「どうすりゃいいんだい、おそめちゃん」

「幸吉さんが食べたいものだけ箸をつけたら、残りを台所で折りに詰めてくれるわ」

「おそめちゃんはよう知っておるな」

「大きな料理屋の宴席では、出た料理の残りを持ち帰らせてくれるってのがお父

っつぁんの口癖だけど、まだ一度だってそんなところに呼ばれたことがないわ」

「うちも縁がねえな」

幸吉は素直におそめの言葉に従った。

酒が運ばれてきた。

気兼ねがいらない若い仲間同士、和やかな酒のやり取りになった。

なにしろ若狭小浜藩の藩医から、御家人の次男坊に長屋住まいの磐音、船宿の船頭と両替商の奥向きの女中、それに裏長屋住まいの子供と、話題には事欠かない連中だ。

あれやこれやと話に花が咲いた。

「おこんさん、今津屋どののことだが、後添いはどうなさる気ですか」

といきなり話題を転じたのは柳次郎だ。

「だってお内儀様が亡くなられたばかりよ。そんなこと考えられないと思うわ」

「いや、武家も商家も大きければ大きいほど重大事は跡継ぎです。今津屋の身代で跡継ぎがいないというのは差し障りでしょう」

柳次郎が頑張った。

「確かに旦那様はそうお若くはないわ。でもお内儀様が亡くなってすぐにそんなことが考えられるかしら」

猪口一、二杯の酒に頰を染めたおこんが疑問を呈した。

「品川さんの心配はもっともだが、親類縁者が黙って放ってはおきますまい」

磐音が言ったとき、騒ぎが始まった。

「あ、痛たたた。腹が捩れるほどに痛み出した！」

と男が叫び出し、別の男の、

「おい、この家の料理であたったぞ。どうしてくれる！」

という声が大広間から響いてきた。

「すぐに医者を呼べ」

「なにしろ山の上にございますれば、時間がかかります」

おろおろと対応する女将のお菊の声もした。

「いや、これは死にそうじゃ。なんとかしてくれ！」

「まずは医者だ。すぐに連れてこい」

その声を聞いて淳庵が立ち上がった。

磐音も従った。

座敷の真ん中に寝転んだのは二人の武家だ。

直参旗本の次男、三男といった部屋住みの連中のようだ。仲間が五人ほど、苦しむ二人を取り囲んでいた。

どれもが派手な色合いの羽織を着ていた、また席の後方の床の間に置かれた大小も、万事が目立つ拵えだった。

直参旗本をよいことに徒党を組んで悪さをしようという連中だ。

「医師を呼ばれたはこちらか」

淳庵の言葉に座が一瞬沈黙し、転がっていた大男の若侍がふいに起き上がった。

「それがし、医師にござる。食あたりか、仮病か、診て進ぜよう」

「なんだと、仮病とぬかすか、この藪医者め」

大男が喚いた。

「藪には違いないが、仮病くらいは診分けられるぞ」

淳庵は堂々としていた。

「まず、そなたから」

起き上がった若侍の傍らに膝をついた。

「直参旗本田上醍三郎の体を、何処の藪医師とも知れぬ者に診せられるか」

「そのことなれば、ご心配無用に願います。このお方は、若狭小浜藩の藩医にして南蛮の解剖書『解体新書』を翻訳なされたお医師の中川淳庵先生でござる」

という磐音の言葉に座から、

「おおっ、あの方が淳庵先生か」

という声が上がった。

「そう後退り(あとじさ)なされては診立てもできぬ。脈なと取らねば、食あたりか仮病かの判断もつかぬ」

「おのれ！」

と叫んだ田上が淳庵に摑みかかろうとした。

磐音が、
ふわり
と動くと田上の手を逆手に取った。

「あ、痛てて」

「ここは皆様が紅葉狩りを楽しまれる茶屋にございます。乱暴はやめてもらいましょう」

「刀を持ってこい！」

と叫ぶ田上醍三郎に、

「邪魔が入った。田上、出直すぞ！」

と七人のうちの頭分が言うと立ち上がり、床の間の大小を摑んで大広間から出ていこうとした。

「お待ちなされ」

磐音が止めた。

「こちらにて払いを成した上でお引き取り願おうか」

「おのれ、言わせておけば」

「そのまま出ていかれれば、最初から強請りたかりで茶屋に上がったかと、こちらにおられる皆様に思われますぞ。それは直参旗本のご子息のなさることではありませぬ」

磐音の言葉に頭分が懐から財布を抜き出し、数枚の小判を女将の足元に投げた。

「おぬしの名を聞いておこうか」

「深川六間堀の長屋に住まう浪人、坂崎磐音と申す者にございます」

「覚えておくぞ、坂崎」

「あなた様は」

「旗本三千七百石、金森仁右衛門が一子、右京である」

「金森右京様、しかと承りました」

磐音は田上の腕を放した。

「くそっ！」

逆手に捻られた手首をもう一方の手で撫でながら、田上が最後に残った己の差料を掴むと、足音高く仲間を引き連れ、姿を消した。

大広間に静かな拍手が湧いた。

淳庵と磐音は頭を下げると離れに戻った。するとすぐにお菊が姿を見せて、

「危ういところを助けていただき有難うございました」

と二人に礼を言った。

「なんの、災難でしたな」

と淳庵が受け、

「直参旗本をひけらかして茶屋などを困らせる手合いがいると、家中の者に聞いておりましたから、ああ、これかと思ったんです」

「品川宿に出没すると小耳に挟んではおりましたが、まさか山の上までとは」

と驚きを見せたお菊が、

「お礼に熱燗をお持ちします」

と腰を浮かせかけると、おこんが、

「もう十分ご馳走になりました。お菊様、箸をつけていない料理を持ち帰らせてくださいまし」

と幸吉とおそめの料理を折りにしてくれるよう頼んだ。

二人は半分以上の料理に手をつけず家に持ち帰るつもりだった。

柳次郎も、母親の土産にするものをきれいに食べ分けていた。

「それなら、お礼代わりに豆ご飯など足しまして、きれいな折りにしましょう」

と受けたお菊が、

「おこん様、次は吉右衛門様をお連れくださいまし」

と最後は商売気を見せて嫣然と笑った。

三

七人が壱兆亭を出たのが七つ（午後四時）頃のことだ。

紅葉は残照に映えて、先ほどとはまた異なる風情を見せていた。

紅葉の色がどれも濃く、深みを増してそこにいる人間を色彩の乱舞に誘い、酔わせてくれた。

「これはまた美しい景色だな」

淳庵が今日何度目かの嘆声を洩らした。

「浪人さん、ありがとうよ。おれとおそめちゃんを呼んでくれてさ。紅葉狩りして豪勢なご馳走を食べて、なんだかお大尽になったような気分だぜ」

幸吉が顔を火照らせたのは、大人に交じって一人前の扱いを受けた亢奮からだ。

手には大事そうに折りが提げられていた。

「幸吉どの、それがしではこのようなことはできぬ。礼を言うなら今津屋どのだな」

「江戸一番の両替屋に、鰻捕りがなんかできるかな」

幸吉は真剣に礼を返すことを考えたか、頭を捻った。

「幸吉さん、長屋暮らしのあたしたちにできるわけないわ」

おそめが小声で言った。

「幸吉どの、おそめちゃん、そんなことを気にせぬことが一番の礼だ」

「浪人さん、女子供はそれで済むさ。だがな、男一匹、それでは済むめえよ」

と幸吉が再び思案したとき、先頭を歩いていた柳次郎が、

「坂崎さん」

と険しい声を上げた。

先ほどまで毛氈を敷いた縁台が置かれていた場所に、金森右京らの姿が待ち受けていた。

「おこんさん、おそめちゃんの側を離れないでください」

とおそめをおこんに託した磐音が、柳次郎のかたわらに進んだ。

縁台が片付けられたせいでそこは小さな広場になっていた。そして、海晏寺の本堂脇へと下りる山道の一方を、旗本奴が塞いで立っていた。

右手は崖下になって、遠くに金波銀波の品川の海が見えていた。

「なんぞまだ御用ですかな」

磐音の声はあくまで長閑だった。

「長屋暮らしの素浪人に虚仮にされてたまるか」

と右京が言った。

「どうなさるおつもりです」

「どういった関わりか知らぬが、その女、両替商今津屋の奉公人というではないか。預かって参る」

どこで調べたか、右京はそんなことを言い出した。

「これは困りました。とんだところへ矛先を変えられましたな」

「先ほどの無礼料、いかほどになるか、われらもとくと思案して今津屋に掛け合うつもりじゃ」

と言い放った右京が、

「醍三郎、今度は抜かるな」

と大男の仲間を唆（けしか）けた。

おこんがつかつかと磐音のかたわらに進み出ると、

「私は八百屋の大根や人参じゃないよ。気安く部屋住みの言いなりになって売り買いされてたまるもんか」

と深川育ちの鉄火で啖呵（たんか）を切った。

「おもしろいな、この女。仲間に入れてやってもよいぞ」

「世間様がどんなふうに見ているかも気がつかない唐変木が、品川の塩水で面を洗いやがれ！」

「おこんさん、もうそのへんでよかろう」

磐音が慌てて止めた。

磐音たちに続いて壱兆亭を後にした客たちが足を止めて、

「こりゃあ、大変だ。二幕目が始まるぞ」

と亢奮の声を上げた。

「こうなれば力ずくでもおこんとやらを連れていく」

「やめておけばよいものを、恥の上塗りをすることになるぞ」

とおこんに代わって言ったのは品川柳次郎だ。

「なんだと」

醍三郎ともう一人が、派手な赤糸巻の柄に手をかけて押し出してきた。

「われら、用心棒稼業も商いの一つでな。普段は鳥目がなければ腕前は見せぬ。だがな、本日は特別だ。直参旗本を笠にきてのさばる馬鹿面には心底、虫唾が走る」

今日の柳次郎は強気だった。

同じ直参でも、御家人と旗本では禄高も違えば、社会の扱いも異なった。

柳次郎の家は将軍家に拝謁する資格もない御目見以下といわれる下級の幕臣だ。

同じ次男、三男の部屋住みでもまるで違った。

右京や醍三郎は派手な衣装でのし歩き、直参旗本を看板に、強請りたかりまがいのことを平気で働いて暮らしていた。

　一方、御家人の次男は母親と一緒に虫籠作りなどの内職から用心棒稼業まで、日銭になることならなんでも厭わず体を動かして生きていた。

　柳次郎に反発を抱かせ、強気にさせた因だった。

「そのほうはなんだ」

　右京が顎で柳次郎を見た。

「品川柳次郎、御家人の倅だ」

「どうりで溝下水の臭いがする」

「おのれ、言うたな」

　右京の言葉に柳次郎が柄に手をかけ、迫った。

　田上ともう一人が柳次郎の前に立ち塞がり、剣を抜こうとした。

「北割下水のどぶ鼠はおれが始末する」

　右京が二人の仲間を押し退けて、柳次郎の前に立った。

「品川さんも金森どのもお待ちなされ」

　磐音の声がのんびりと響く。

「海晏寺はぎりぎりだが江戸の内。こんなところで騒ぎを起こせば御寺社が黙っておられますまい」

「おまえが相手するというのか」

金森右京は酒を飲むと顔が青白くなる性質か、抜けるように白い肌をしていた。その分、血走った眼が不気味に据わっていた。

「いえ、それがしも、できることならこのまま穏便に済ませとうございます」

「おまえの馬鹿っ丁寧な口調が気に入らん。腕に覚えがありそうな面だが、流儀はなんだ」

「穀潰し、よく聞け。浪人さんはな、神保小路の直心影流道場、佐々木玲圓先生の免許持ちだぞ。おめえみてえな、かたちばかりの竹刀振りとは中身が違わあ！」

と新たに参戦して啖呵を切ったのは幸吉だ。

「おもしろい。神保小路の直心影流か、腕前を見せてもらおう」

右京が剣をひと揺すりさせて腰に落ち着けた。

居合いでも遣うのか。

「ま、待ってくれ。幸吉どのの言い様にはだいぶ誇張が入っておる。佐々木道場の免許持ちとは大仰でござる」

磐音が手をひらひらと振った。

「おまえがどう言い抜けようと、この下には行かせぬ。潔く立ち合え」

磐音は金森右京の挙動を観察していた。

頭分だけに、剣術の腕前も七人中、一、二番だろう。

「右京、頭分のそなたがなにも先陣を切ることはあるまい。こやつの始末、われらに任せよ」

それまで黙って後方に控えていた長身の者が言い出した。

この者だけが羽織も袴も身につけていなかった。が、黒地の裾には紅葉が原に累々としゃれこうべが描かれた模様で、なんとも奇妙な趣味だった。

「醍三郎、もう一人をやれ」

と顎で柳次郎と戦えと嗾け、磐音に向き合った。

「そなた様は」

「交替寄合の次男、小笠原総次郎」

ということは、小笠原の家も三千石以上の直参旗本ということになる。

「ご流儀は」

「洗心流」

「尾張藩士長野五郎右衛門様が流祖のご流儀でしたか」

長野五郎右衛門政成は、駿河において徳川義直に仕え、大坂夏の陣の戦功を切っ掛けに出世して、寛永十二年（一六三五）には老中に昇りつめた人物である。この長野、柳生兵庫助利厳に新陰流を習い、奥義を極めた後に洗心流を立てていた。

総次郎が細身の剣を抜いた。

どこにも力が入ったところがない。投げ遣りとも見受けられる虚無が面相に漂っていた。

これは容易ならざる相手であった。

ゆっくりと八双に構えた。

磐音もここにいたって、言い抜けられる相手ではないと悟り、備前包平二尺七寸（八十二センチ）を抜いた。

「小笠原様、この場の勝負、そなたとそれがしの間で決着をつけるということでいかがですかな」

磐音は海晏寺の寺領に拘っていた。それに御家人と蔑まれて冷静を欠いている柳次郎に戦わせたくなかった。

「おれが勝てば仲間がどう動くか、おれの埒外のことだ」

ならば勝つしか途はない、磐音はただ頷いた。

正眼に構えた剣を拳の中でくるりと峰に返した。

小笠原総次郎はその動きにも無表情に目を細めただけだ。

間合いは一間半。

二人の背後はそれぞれの仲間がいて、さらにその外に紅葉狩りの客たちが固唾を呑んで勝負の行方を見守っていた。

夕暮れの紅葉を揺らして品川の海から潮風が吹き上げてきた。

風に紛れるように総次郎が押し寄せてきた。

圧倒的な力というのではない。気がつくと間合いの内に入り込み、氷の刃を磐音の肩へと振り下ろしていた。

磐音の包平が冷静に袈裟斬りを弾く。

真綿で包んで力を減ずるような応戦だ。

総次郎は、弾かれた細身の剣を小手斬りに回すと見せて、鋭く同じ袈裟を振るった。

だがそれも、峰に返した磐音の剣で捉えられていた。

総次郎の剣が変幻の舞を見せたのはその直後だ。

一歩飛び下がりながら磐音の小手に変化させ、柄頭で弾かれたと知ると迅速にも磐音の右脇腹(わきばら)へ、さらに右肩口へ、さらに面上へと這(は)い上がるように連続した攻撃を続けた。

磐音は気配もなく振るわれる連鎖の攻撃を悉(ことごと)く弾いた。

さらに総次郎は、左の肩を、左脇腹を、さらに小手をと、まるで磐音の上体に円を描くような攻撃を切れ目なく続けた。

磐音は総次郎の顔を見据えつつ、防ぎ切った。

小手斬りに始まった攻撃は小手斬りで一つの円を描き切った。

颪が戦う二人を包むように吹いた。すると、

はらはら

と千色百彩の紅葉が散り、二人に降りかかった。

総次郎の次なる一手は再び円環を描くのか。

攻撃のために再び一歩下がった総次郎は、磐音の喉首に、蛇が鎌首(かまくび)をもたげるように氷の刃を上げようとした。

その瞬間、小手斬りを払った磐音の包平が、総次郎の右膝頭を強(したた)かに叩いていてい

た。

総次郎は動き出しの一瞬を捕捉されて、横倒しに、
どっ
と倒れた。

顔が苦痛に歪(ゆが)んだ。

だが、総次郎は割られた膝頭の激痛に呻(うめ)き声一つ洩らさなかった。

磐音が戦いの場から飛び下がり、

「勝負は決しましてございます。約定(やくじょう)ゆえにこの場を立ち退かせていただく」

と金森右京に言いかけた。

「おのれ！」

田上醍三郎が磐音に突進しかけるのを制した右京が、

「坂崎磐音、このままで終わると思うなよ」

と言うと道を開けた。

「品川さん、皆さんを」

柳次郎におこんたちの先導役を命じた。

「畏(かしこ)まった」

柳次郎を助けて淳庵と小吉がおこんら三人の女子供を囲むように山を降りていった。

磐音は続いて紅葉狩りの客たちを戦いの場から海晏寺へと避難させた。

「失礼いたす」

一礼する磐音に右京が、

「直参旗本の総力を上げてもおまえの首を落とし、今津屋に詫びを入れさせる」

と理不尽な宣告をした。


六人を乗せた船は夕暮れの品川の浜を出た。

折りしも風が大川河口へと吹き上げていた。

「この季節、南風が後押ししてくれるなんて珍しいぜ」

小吉の櫓と相俟って、船は快適に浜辺を大川へと進んでいった。

船上から北の傾城吉原と並び称される南の遊里品川の灯りが美しく見えた。だが、海晏寺の紅葉はすでに宵闇に沈んで、もはや眺めることはできなかった。

船を冷たい風が吹きつけた。

「おそめちゃん、いい紅葉狩りだったな」

と言いかけたのは幸吉だ。

「幸吉さん、いい紅葉狩りだなんて、喧嘩騒ぎに火を点けたのは幸吉さんよ。坂崎様に謝りなさい」

おそめに叱られた幸吉が、

「浪人さん、あいつら、最初から刀を振り回すつもりでいたんだから、仕方がねえよな」

と助けを求めた。

「遅かれ早かれ、ああなったとは思うがな」

という言葉に、

「すまぬ、このとおりです」

と頭を下げたのは品川柳次郎だ。

「幸吉より前に火種を蒔いたのは、この私です。旗本風をひけらかす連中が大嫌いで、強くもないのについ意地を張った」

柳次郎が神妙にも言った。

「私も謝ります」

おこんもしゅんとして頭を下げた。

「あれは致し方あるまい。あやつらと壱兆亭で会ったのがわれらの不運です。強請りたかりで生きている連中を坂崎さんが見逃すはずもなかろう」

淳庵が笑い、磐音との出会いの時を思い出していた。

九州の日田往還で会った直後に、淳庵は南蛮医学を毛嫌いする奇怪な僧侶集団、江戸裏本願寺別院奇徳寺の血覚上人の一派に襲われた。その一派を磐音が始末してくれたのだ。

刺客の岸流不忍坊らは、

「神仏が与えたもうた身体髪膚を切り刻んで腑分けをなすなど人間の所業にあらず」

と考える集団であった。

「淳庵先生、われらの不運じゃなくて、あいつらの不運だぜ」

と櫓を握る小吉が笑った。

「確かにな。小笠原総次郎と申したか、あの者の膝の動きはおそらく元に復することはあるまい」

蘭医の宣告を磐音は重く聞いた。

「ともあれ坂崎磐音というお人の行く先々は、常に風雲が逆巻いているということよ。お付き合いする私たちのせいではないの、この坂崎さんのせい」

と急に元気になったおこんが決め付けた。

「おこんさん、それじゃ坂崎様が可哀想です。だって悪いのは坂崎様じゃなくて、相手だもの」

おそめが遠慮深げに言った。

「そうだよ。小笠原って侍が、細身の剣なんかを振り回さなきゃあ、膝だってどうってことなかったんだ。命を助けられたのを有難く思わなきゃあ」

幸吉もおこんに異を唱えた。

「幸吉さん、おそめちゃん、私だってそれくらい分かってるの。でもさ、どうしてこうなんだろうね」

「さあて、それがしが知りとうござる」

と磐音が長閑な声で応じた。が、胸の中では、

(恨みを残さずに生きる途はないものか)

と考えていた。

船が浅草御門近くの船着場に到着したのは暮れ六つ（午後六時）過ぎのことだ。

「どうでしたな、紅葉狩りは」

老分の由蔵に迎えられた一行は、口々に海晏寺の紅葉の美しさと壱兆亭の料理の美味しさを賞賛し、礼を述べた。

淳庵は預けておいた診療道具を入れた箱を自ら抱えて、その足で屋敷に戻るという。

由蔵は小僧の宮松に駕籠を探しに行かせて、主の診察をしてくれた淳庵の親切に応えた。淳庵が、

「最後まで今津屋さんの世話になりましたな。この次は老分さんとおこんさんの診察ですからな」

という言葉を残して駕籠に乗った。

「われらも橋を渡って深川へ戻ろうか」

という磐音に、

「坂崎様には国許の中居半蔵様から書状が届いておりますよ」

と由蔵がしばし今津屋に残るように言った。

「ならば、幸吉とおそめちゃんはそれがしが送って参ろうか」

柳次郎が磐音の役目を買って出て、三人は仲良く土産の折りを提げて両国橋に

向かった。

四

豊後関前藩江戸屋敷御直目付の中居半蔵は、藩の逼迫した財政を立て直すために、領地内の特産物を一括して最大消費地の江戸に運び込み、少しでも高値で売る藩物産所の設立に奔走していた。

江戸での藩物産の乾物の取り扱いは、日本橋の乾物問屋の若狭屋から内諾を得ていた。

それもこれも今津屋吉右衛門自らが動いてくれたせいだ。

吉右衛門に連れられて、中居半蔵と磐音が若狭屋を訪ねたのは夏のことであった。

魚河岸の乾物問屋三十四株で作る濱吉組の総代の若狭屋からは、内諾とともに、うちで扱う以上はと厳しい注文があれこれとついた。

中居半蔵がそのことを踏まえて関前に帰国したのは、ひと月も前のことだ。

その折り、若狭屋が扱う土佐の鰹節や蝦夷の昆布を見本として持ち帰り、江戸で商うにはいかに質を高めなくてはならないか、国許に知ってもらおうとしていた。

関前藩内とその近隣相手に商いをしてきた藩内の漁師や加工業者や商人たちの意識をいかに変えられるかが中居半蔵の帰国の最大の目的であったのだ。

磐音は老分の由蔵に書状を渡され、台所に向かった。

そこは大勢の奉公人たちの胃袋を満たすためにいつも竈に火が入り、おつねたち女衆が忙しげに働いて活気に溢れていた。そして広々とした板の間があって、磐音が今津屋で一番落ち着く場所でもあった。

「お邪魔いたす」

と挨拶した磐音は掛行灯の下に座り、中居半蔵の書状の封を切った。

〈坂崎磐音殿　今津屋にては御不幸に見舞われし後、少しは落ち着きを取り戻されたであろうかと、遠く関前の地より案じおり候。この事、別便にて吉右衛門殿並びに由蔵殿に書簡を書き送りし故、重ねて触れず。さて、それがしの御用の事、申し述べ候。まず帰国後、藩主実高様にお目にかかり、今津屋が同道せし若狭屋訪問の詳細を告げし処、実高様大いにお慶びなされ、早速江戸の意に添うような品を加工し、一日も早く江戸表に輸送せねば今津屋の親切に報いることとならじと、

同席されし正睦様ら重臣方に一致協力せよと改めて命じられ候……〉

磐音はほっと安堵した。

正睦とあるのは国家老の磐音の父のことだ。

その時、磐音の手元が急に明るくなった。

顔を上げると、おこんが行灯を磐音の側に運んでくれていた。

「今、お茶を淹れるわね」

「相すまぬな」

磐音は再び文面に視線をやった。

〈とここまでは順調に候えど、見本を披露するや重臣方、藩物産所役人の中には、これら品々と太刀打ちするは無理ならんと最初から匙を投げられる始末にて実に嘆かわしき事に候。太平の微温湯に心身共に浸かり過ぎ、未だ藩の窮状を把握しておられぬかと暗澹たる思いに駆られ候。その時、正睦様が烈火の如く憤慨なされ、蝦夷も土佐も格別と申されるが、これだけ高き質の品が最初から加工されていたわけではなかろう。蝦夷や土佐の漁師や商人、藩中の者の血と汗の努力が作り上げしものである。関前の藩士と領民が一致協力致さば関前独自の乾物が作られよう。それを最初から投げ出すとは何事かと激しく叱責致され候。また実高様も藩に累積する借財を返納するは並大抵の努力ではならじ、売込み先の江戸に少しでも上質の物産を送るはわれら関前に居る者の務めと督励致され候……〉

磐音は今度は深い溜息をついた。するとおこんが茶碗を差し出し、

「お茶を飲んで一息おいれなさい」

「おお、すまぬな」

半ば無意識のうちに茶碗を受け取り、茶を喫して心を落ち着けた。

〈坂崎、これは序の口、難儀はこれからが本物であった……〉

という吐露とも愚痴ともつかぬ中居の言葉が目に飛び込んできた。

〈翌日、藩物産所に漁師や加工業者や藩士たちを集め、江戸から持ち帰りし昆布、若布、鰹節などと関前物を並べて展示せしところ、たれも言葉を発せず。ただ理不尽なる怒りと反感のみが座に横溢致し候。しばらく後、関前の網元の一人加倉丸平左衛門が切り口上にて、中居様、此れは何の真似にございますかと切り出し候。それがし、心を鎮めて江戸での流通の厳しい実態、品質が良くなければ競争には勝てぬ事などを詳細に説明したが、無言がその答えに候。そこで一旦集まりを解散し、平左衛門ら藩物産所を実際に動かす幹部連中にその場に留まって貰い、改めて説明し理解を求め候。折りよく正睦様も見えられ、それがしと二人で藩の

窮状から説き起こし、関前の物産が上方の、江戸の市場に流通することは藩の財政改革のみならず漁師や加工業者や仲介商人並びに網元の懐と暮らしを豊かにするものなりと説き伏せ候。膝詰めにての話し合い二刻（四時間）に及び、ようようにして加倉丸が、関前の物産を領内で販売するだけではもはや商いが成り立たぬ時代と仰せられるならば、われら商人も漁師も必死になりて品質の向上を図らねばなりますまいと一応納得致し候。ただ、大半の商人は未だ承服し難き様子なれば、当分押し問答が続くと推測され候。ともあれ加倉丸平左衛門は来春に藩御用船を満杯にする物産の調達の協力を理解致し候。まずは小さき一歩かなと考えおり候。

ともあれ実高様がこの節に国許に滞在されしは最大の御力にて、来春の参勤交代出立の時まで藩物産所を円滑に機能させねばと心を新たに致し候。さてさて、それがし江戸の事も気になり候が、実高様、正睦様より来春まで関前に留まりて物産事業の送り出しに専念せよとの命なれば、藩内にて奉公を務め候事そなたに告知致し候。またこれに伴い、それがし江戸屋敷の御直目付の任を解かれ、そなたの父、正睦様直属の藩物産所組頭を拝命致し候。

江戸の若狭屋との交渉事そなた一人の手に委ねることになるが、しばしご辛抱

下されたくお願い申し上げ候……〉

磐音はしばし中居半蔵の孤軍奮闘に思いを馳(は)せた。

「いい報せなの」

おこんが訊いた。

「よき報せとは手放しで言い切れぬが、半歩前進といったところかな。旧弊な習わしに染まった者の考えを変えるのはなかなか難しい」

江戸幕府が誕生して百七十余年の歳月が経過し、幕藩体制はあちらこちらで油切れを起こし、軋(きし)みを上げていた。

その典型が豊後関前藩であったのだ。

「中居様も苦労をしておられる」

「殿様も国許におられるし、坂崎さんのお父上もおられるわ。ここは中居様の踏ん張りどころね」

とおこんが事情が分からないながらも言い、ふいに話題を変えた。

「あっ、そうそう、今晩、店に泊まれない」

「中居様からお店に書状が届いたせいかな」

「旦那様には藩主の福坂(ふくさか)実高様直々のお悔やみの文が届けられたの。旦那様もさすが気配りが違うと感激しておられたわ」

「実高様が直筆をな」

実高は、藩の苦境の折りに手を差し伸べてくれた江戸の両替屋行司の今津屋に感謝していた。そこでの内儀の訃報を知り、最大の心遣いで応えたというべきであろう。

「いえね、先ほど南町の木下一郎太様が通りすがりに店を覗かれたの。ちょうど私が海晏寺の騒ぎを老分さんに報告していたところだったものだから、老分さんが木下様のお耳にも入れておこうってことになって」

今津屋としては当然の処置だ。

おこんが今津屋の奥向きの女中と知って待ち伏せし、連れ去ろうとしたのだ。その上、捨て台詞とはいえ、磐音の首を落とし、今津屋に詫びを入れさせるなどと宣告したのだ。

「それはよかった」

「木下様は笹塚様のお耳に入れておくと言い残されて南町奉行所に戻られたわ。奉行所でも、金森右京を頭分にした旗本の次男三男坊が徒党を組んで、強請りたかりを繰り返していることを承知していたわ」

「旗本となれば町奉行所も手が出せぬ。だが、御目付が迅速に動いてくれれば、かような騒ぎにはなっておるまい」

「右京という男、あれで抜け目がなくて、御目付のだれかと繋がりを持っているそうよ」

「木下どのは、用心のためにそれがしに今津屋に泊まれと言われたのだな」

「今日のことゆえ何事もなかろうが、用心に越したことはあるまい、と言い残して奉行所に戻られたわ。老分さんもその気だから、たまには晩酌のお相手でもなさいな」

「昼も夕餉も上げ膳据え膳で、罰があたらぬかな」

磐音はまだ店仕舞いまで半刻はあると推量をつけると、おこんに筆記用具を借りて、国許の中居半蔵と父親の正睦宛てに文を認めることにした。

文を認め終えた時分、台所が急に賑やかになった。

店が終わり、夕餉の仕度が始まったのだ。

両替屋行司の今津屋には、住み込みだけでも由蔵以下三十数人の男衆がいた。むろん支配人の中には通いの者もいた。

ともあれ住み込みの男衆の箱膳が三十いくつも並ぶのは壮観だった。時間をおいて女衆の食事となる。さらに主の吉右衛門の食事も同時に用意されるから、台所はなかなか忙しいのだ。

磐音は板の間の隅に避難した。そこへ腹を減らした奉公人たちが雪崩れ込んできた。

「おや、後見、こちらにおられましたか」

相場役の久七が磐音の顔を見て声をかけた。

吉右衛門が伊勢原にいて、江戸不在の折り、磐音はお店奉公の格好で由蔵の隣に座り、後見の真似事をした。

以来、今津屋の奉公人たちは磐音のことを、

「後見」

とも呼ぶようになった。

「紅葉狩りはどうでしたか」

大山詣でを一緒に務めた小僧の宮松が磐音を見て小声で訊いた。

「なんとも美しい光景であったぞ」

「私も行きとうございました」

「いずれまた旅を一緒にいたそうか」

「はい、そのときはお願い申します」

と返事をして宮松は末席に向かった。

最後に老分の由蔵が板の間に姿を見せて、磐音をかたわらの席に誘って座らせると、一同を見回した。

「今日も一日ご苦労様でした」

という由蔵の声に奉公人一同が合掌して、

「いただきます」

と声を揃えた。

夕餉の膳は真鰯（まいわし）の焼き物に大根おろしが添えてあるのが主菜で、里芋、人参（にんじん）、蒟蒻（こんにゃく）など具沢山の汁に香のもの、麦飯だ。

由蔵と磐音の膳には酒が付けられた。

「老分どの、また厄介（やっかい）をかけたようです」

「海晏寺の一件ですか」

「はい」

「あのような手合いは避けようがありませんでな。おこんさんがうちの奉公人と知ったときから、なんとしても難癖をつけて金を出させようと考えたのですよ。

木下様も、いずれ金森右京が訪ねてこようと申されておりました」

「ならば当分それがしがこちらに泊まり込みます」

と磐音が請け合った。

「中居様は国表で苦労しておられるようですね」

由蔵が話題を変えた。

「江戸、上方と違い、関前領内には商いでの競争がござらぬゆえ、自然の恵みをそのままに市場に出す。それで済んでいたのが諸国の特産物と競い合うことになれば、これまでと違った採り方が要りますし、加工も工夫せねばなりません。それがなかなか分かってもらえぬらしい。なにしろ江戸を知らぬ者が相手ですからな」

「世の中の理やら諸般の動きが分からぬ者に納得してもらうほど大変なことはございませんよ。だがな、坂崎様、一旦商いが進み出して漁師衆や商人衆の懐に銭が納まれば、反応はまるで異なります。おそらく江戸では関前領内の売り買いの何倍の値で取引されるのですからな」

「はい、仰るとおりかと存じます」

「一度目の船の取引がうまくいくかどうか、関前藩の命運はそれにかかっておりましょうな。その折り、藩物産所が稼ぎの粗方を吸い上げようとはなされず、漁師や加工商に応分の手間賃をお支払いになって励みにさせることです。商いは一時のことではありません。藩が儲けばかりを追うとこの商いは長続きしませんよ。関前藩の借財を返済するには、長い目で藩と領民が協力することが大切です」

「はい、肝に銘じておきます」

磐音のただ今の身分は豊後関前藩を離れている。

だがそれは、江戸にあっては浪々の身のほうが活動しやすかろうと自ら望んだことだ。侍の本分たる忠誠心は未だ藩主実高にあった。だが、近頃ではこのまま市井に埋もれて過ごすのも人生かなという気持ちにも傾いていた。

二合ばかりの酒を由蔵と二人して飲み、夕餉を食し終えた刻限、表戸が叩かれた。

「急用である、戸を開けよ!」

磐音と由蔵は顔を見合わせた。

振場役の新三郎が店へと出ていきながら、

「どちら様にございますか」

と問いかけた。すると表から、

「旗本直参金森右京、小笠原総次郎のことで掛け合いに参った」

という怒鳴り声が響いた。

（なんとこの夜のうちに……）

磐音が呆れた。

由蔵がかたわらで立ち上がった。

磐音は動かない。

勝手女中のおつねの淹れた茶を喫しながら様子を窺った。

通用口が新三郎の手で開かれ、派手な衣装の五人が広い今津屋の土間に押し入ってきた。

「店仕舞いの刻限はとっくに過ぎておりますが、何用でございますな」

「主を出せ」

金森右京が命じた。

「今津屋のことなれば、老分の私がすべてを任されておりますれば、どうぞ御用の向きをおっしゃってくださいまし」

「本日昼下がり、品川宿外れの海晏寺において、今津屋の用心棒にわれらが仲間、交替寄合小笠原家の次男総次郎が乱暴狼藉を受け、膝頭を割られて品川の医師のもとに運び込まれた。診立ての結果、総次郎の膝は元には戻らぬことが判明いたした。小笠原家は嫡男香太郎どのが病弱であられる。次男とは申せ、後継になるやもしれぬ総次郎の五体を傷つけし一件、このままには捨て置かれず、われら朋輩打ち揃って掛け合いに参った」

「口上、しかと承りました。私が聞き知ったところといささか異なってはおりますが、まずは掛け合いの趣をお続けくださいませ」

「商人なれば世の中の理、承知であろう。小笠原総次郎の怪我の治療代、天下の直参旗本の当主になるやもしれぬ人物を不遇に追いやった慰謝料、まずは千両を申し受けたい」

「千両とはまたお安うございますな」

「なんと、安いと申すか」

「直参旗本の沽券に関わることですから、安いと申し上げました」

「ならば即刻払うと申すか」

「ただし掛け合いなさる方が違います。まずは小笠原様の御用人がお見えになるのが筋。この今津屋、強請りたかりの理不尽な金は一文も出しませぬ」

「ならばわれら、総次郎の仇、一暴れするがよいか」

「海晏寺の一件、南町奉行所に届けてございます。そのことを承知なればご随意に」

「おのれ！」

と金森右京が吐き捨て、仲間四人に顎で合図を送ったとき、

「一日に二度もお会いしますね、金森どの」

と磐音が姿を見せた。

着流しの腰には無銘の脇差一尺七寸三分（五十三センチ）だけ差し落とされていた。

「掛け合いならば小笠原家からと申される老分どのの答え、納得なされましたかな」

右京の仲間たちが剣を抜いた。

「あのとき、おまえを叩っ斬っておくべきであった」

「金森どの、お手前方の所業、すでに町方の知るところでござる。ただ今、裏口より奉行所へ使いを走らせており申す。それがし、南町奉行所の年番方与力笹塚孫一様といささか昵懇なれば、すぐさま町方より御目付へと報せが走りましょう。旗本は御目付の支配下とは申せ、町奉行所の報せを無視するわけにも参りますま

い。お手前方の所業、江戸の町でも評判になっておりますゆえ、町方と御目付がすぐにも駆けつけて参られましょう。そうなれば、各々方の家名を汚し、家禄をうんぬんされる仕儀に相成りますこと必定」

磐音が裸足で土間に下りながら、金森らを見回した。

磐音の腕前はすでに最前見せ付けられていた。脇差だけとはいえ動けない。その上、町奉行所から御目付へ報せが行くと告げられ、浮き足立ってきた。

「岩光、今上、どうした」

苛立ったように金森右京が叫んだ。

「金森さん、ここは一旦引き上げよう」

岩光の言葉に激した右京が、

「どけ、おれがやる!」

抜き放った剣を右肩に背負うように立てた。

「坂崎様、お刀と木刀、いかがでございますか」

小僧の宮松が、磐音の備前包平と、品川柳次郎らが今津屋の不寝番を頼まれた折りに使う木刀を抱えていた。

「宮松どの、店先を血で汚してもなりませぬ。木刀を拝借しましょうか」

磐音が長閑にも宮松に言いかけ、木刀を受け取った。

「おのれ！　素浪人が」

怒りに震えた金森右京が右肩に担いだ剣を八双に立てた。

磐音は左手の木刀を静かに正眼に置いた。

広い土間での二人の対峙の間合いは二間。

岩光たちは剣を提げて金森の後方に回り、今津屋の奉公人たちは板の間から固唾を呑んで動きを見守った。

金森右京が突進しながら、肩に担いだ剣を懸河の勢いで磐音の肩口に叩きつけた。

ふわり

と磐音の体が風のように舞った。

正眼の木刀が右京の剣と交錯するように落とされ、真綿に包んだように勢いを殺いで鎬を弾いた。

弾かれた剣を右京が磐音の胴に迅速に変化させた。

磐音が踏み込みざまに車輪に回された剣を上から押さえ込んだ。するとまるで膠で接着されたように真剣の動きが止められた。

「くそっ！」
顔を赤くして歪めた右京が剣を引こうとした。だが、微動だにしない。ならばと押し込もうとしたが、力が入らなかった。
「岩光、こやつの背を襲え！」
右京の声にはっとした岩光が提げていた剣を振り上げると、磐音の斜め後方から突っ込んできた。
ぽーん
と右京の真剣を弾いた磐音が、
くるり
と片足で舞い、突進してきた岩光の鳩尾(みぞおち)に突きを入れた。
岩光は、
げえっ
と言いながら後ろ向きに土間に叩きつけられ、失神した。
「死ね！」
磐音の背後を襲おうとした右京の声に磐音が片膝を突いた。そうしておいて返された木刀の峰に左の掌を添えて、後方へと突き出した。

その突きがものの見事に右京の胸を捉え、壁に叩きつけた。

後ろも見ずに決めた背面突きの鮮やかな技に、その場にいる者皆が啞然（あぜん）としていた。

「勝負は決しました。金森どのと岩光どのを連れて引き上げなされ！」

残った仲間が金森と岩光の体を引きずるようにして潜り戸から表へ逃れ出た。

土間に金森と岩光の抜き身が転がっていた。

「坂崎様、南町奉行所に使いを出されましたか」

ようやく由蔵が口を開いた。

「御用繁多な町奉行所を一々煩（わずら）わすこともありますまい。俗にいうはったりにございます」

「近頃、坂崎様もなかなか隅に置けなくなりましたな」

「はい、どこぞの古狸（ふるだぬき）どのとお付き合いをさせていただいておりますれば」

由蔵と磐音の掛け合いが今津屋の土間にのんびりと響き、磐音は金森右京の抜き身を拾い上げながら、

（金森家が口止め料を笹塚孫一どのに払うことになりそうだ）

と考えていた。

第二章　越中島賭博船

一

本所北割下水一帯に埃を舞い上げて寒風が吹き荒ぶ。埃の中には乾いた馬糞が交じり、目も開けていられないほどだ。

いよいよ江戸に筑波おろしが吹き荒れる冬が到来したのだ。

頬被りをし、尻切れ半纏に股引という格好の磐音と柳次郎は、割下水の石垣工事に従事していた。

平船から切石を抱え上げて、石垣を積む現場に下ろすのが二人の仕事だ。

なにしろ船は不安定な上に石は重い。ちょっとでも気を抜くと怪我もすれば、腰を痛める仕儀に陥りかねない。

大きな石はもっこに包み込んで、天秤棒に吊して二人がかりで運び上げることになる。これがまたなかなか難しい。

実際、この工事を請け負っていた竹村武左衛門は、切石を運び上げるときに体の均衡を崩して溝に落ち、左手の指を三本と右足の甲を潰す怪我をした。

柳次郎から聞かされた磐音は、二人して南割下水の半欠け長屋に見舞いに行った。すると小頭という老人が来ていて、長屋の上がりかまちに怪我をした足を投げ出した武左衛門と無言で睨み合っていた。

「どうした」

と問い質す柳次郎に、

「怪我をしたからといって、途中で辞めた者に約定通りの日当は払えぬというのだ」

「そんな馬鹿なことがあるか。竹村の旦那が怪我をしたのは仕事の最中だろうが」

柳次郎が初老の小頭を睨むように見た。

「へえ、隈五郎親方が言いなさるには、竹村の旦那は工事が終わるまで働く約定でして、五百五十文と高い日当だ。それをこれからというところで休まれたんじゃあ、一日全額は出せねえということなんで」

と老人が困った顔をしながら言い出した。

竹村と老人の間には紙包みがあった。

問題の日当だろう。

「働きたくともこの怪我では働けまい。それも工事場の怪我だ。仕方ないことだぞ」

へえっ、と頷いた老人が、

「親方は、酒が残った体で仕事に出るのが悪いと言いなさるんで」

竹村の背後で妻女の勢津（せつ）が悲鳴を上げた。

「なにっ！　旦那は二日酔いで工事場に出たか」

柳次郎の詰問に竹村が急にしゅんとして、

「二日酔いではない」

「酒に酔ってはいなかったのか」

「仕事がつらいので、昼餉（ひるげ）の折りについ近くの酒屋で枡（ます）酒を……」

「飲んだのか、呆れた」

という柳次郎の言葉に、竹村が怪我をしていない右手で頭を掻（か）いた。

「すまん」

悪いのは竹村武左衛門のほうだ。

形勢が逆転した。

親方のほうでは日当を下げたとはいえ、それまでの日当を小頭に持たせて届けによこしていた。

その様子を、勢津や早苗ら四人の子供が奥の間からじいっと観察するように見ていた。

「旦那が悪い」

柳次郎が叫んだ。

「柳次郎、五百五十文が一気に四百文に値下げされては、十三日分で二分近くも差が出るのだぞ。怪我の治療代の払いもある。どうしろというのだ」

竹村は居直ったように言うと、紙包みを情けなさそうに見た。

「旦那が最後まで働き通せば、日当五百五十文で精算してくれると親方は言うのだな」

柳次郎が念を押し、小頭の老人が、

「へえっ」

と頭を下げた。

「ならば残りの日にち、おれが旦那の代わりに働こう」

柳次郎が侠気(おとこぎ)を出し、竹村が、

「そうしてくれると助かる」

と片手拝みに感謝した。

その足で磐音と柳次郎は老人に連れられ、割下水の工事場に向かった。

そこは柳次郎の屋敷の近くで、北割下水に面して非常米を蓄える御用屋敷ができるらしく、その石積み作業だった。

隈五郎親方は中年の大男で、自ら北割下水の汚い溝水に褌(ふんどし)一丁の半身を浸けて、切石を積んでいた。

「権(ごん)の字、竹村の旦那は納得したか」

「それが……」

と権の字と呼ばれた老人が磐音たちを振り返った。

「そなたが隈五郎親方か。頼みがある」

なんだという顔で隈五郎が掛け合いの柳次郎を見上げた。

「竹村の旦那の代わりにおれが残りの日にちを働く。それでなんとか竹村武左衛

門の日当、約定どおりに支払ってくれぬか。あの家には食べ盛りの子供が四人もいるのだ」

「見てのとおりの溝工事だ。きついぜ」

「おれも北割下水育ちだ。この界隈が少しでもきれいになることなら働き甲斐もあるというものだ」

隈五郎が柳次郎を、そして、磐音を見て、

「竹村の旦那はあれで仕事には馴れていなさったぜ。残りは十二日余りだ。二人で働くというのなら考えようか」

と提案した。

「なにっ、それがしもか」

ふいに矛先を向けられた磐音は、

「それがしには毎朝鰻割きの仕事があってな、早くても五つ半（午前九時）過ぎでないと仕事に出られぬ」

「旦那の足なら、六間堀の北之橋から四半刻（三十分）とかかるめえ。どうだ、やってみるか」

隈五郎は磐音が宮戸川で働いていることを承知している様子だ。

磐音は柳次郎と顔を見合わせた。

柳次郎の顔には、磐音と一緒なら心丈夫と書いてあった。

「相分かった。品川さんと二人で竹村どのの代役を務めよう」

そんなこんなで磐音と柳次郎が北割下水で働き始めて六日目を迎えていた。

「あと六日か」

柳次郎が呟く。

寒さも厳しさを増す中、一瞬たりとも気を抜けない仕事だ。

二人は工事場に出て、竹村武左衛門が酒を飲んで働きに出たのがいかに危険かということも分かった。

それに親方の隈五郎自ら冷たい溝水に身を浸けて杭を打ち、もっこを担ぎ、石積みをこなすのだ。

陣頭に立って働く隈五郎の手前、磐音たちも手を抜くわけにはいかなかった。

二人はくたくたになって七つ（午後四時）過ぎに仕事を上がり、本所新町の湯屋に駆け込むのが、ただ一つの楽しみになっていた。

「坂崎さん、最初は、竹村の旦那はなんというところで働いているのかと思ったが、気持ちは分かりますね」

「なにしろ隈五郎親方が率先して一番きつい仕事をやられるからな。働くわれらも従わざるをえない」

「とにかく酒に酔ってやる仕事ではありませんよ」

「あと六日ですか」

二人は垢の浮いた仕舞い湯に身を浸して、悲鳴を上げる体の筋肉を揉みほぐした。

「竹村さんの怪我はどうかな」

「昨日、訪ねました。この工事が終わる頃には完治しそうな気配でした」

「それはよかった」

「そろそろ師走も近い。竹村の旦那のところも大きな仕事を一つ二つこなさぬと正月が迎えられませんね」

「なにしろ食べ盛りの子供が四人もいますからね」

だが、金になる仕事がそうそう転がっているわけではない。

「坂崎さん、われらにもいくらか日当が出ますかねえ」

俠気で代役を言い出した柳次郎だが、成り行きが成り行きゆえ、二人の賃金がいくらになるという話があったわけではない。

「あまり期待せぬことです」

「ただ働きか」

「なにしろ酒酔いの旦那の後始末です。大きなことは言えませんからね」

「まったく」

二人はのろのろと仕舞い湯を上がり、脱衣場で普段着に着替えた。

「酒でも飲みたいが、竹村さんの二の舞は御免だからな。まずはこの仕事を終えるとしようか」

二人は湯屋の前で別れた。

磐音は竪川沿いの飯屋の前を通りかかり、あまりの空腹に足を止めて暖簾(のれん)を分けた。

鰤(ぶり)の粗煮にひじきと油揚げの煮た菜で丼(どんぶり)飯を夢中で食した。

「満腹満腹」

と言いながら店を出た磐音は、二ツ目之橋を渡り、六間堀北之橋を過ぎてようやく自分の町内に戻ってきたと足を緩(ゆる)めた。あとは御籾蔵(おもみぐら)前に架(か)かる中橋、猿子橋を過ぎれば、金兵衛長屋は近い。

磐音は夜空を見上げ、きらきらと輝く星を確かめた。

(明日も天気だな)

雨ならば仕事は休みだが、その分仕事から解放されるのが一日伸びる。こうなれば天気が続いて、工事を半日でも早く終えることが楽しみな磐音だった。

寒風が吹きつける猿子橋に細身の影が立っていた。

懐に匕首でも呑んでいる様子の男だが、殺気は感じなかった。

(たれぞと待ち合わせか)

そんなことを考えながら磐音は、金兵衛長屋の木戸口へと曲がろうとした。

すると影が動き、

「旦那、お久しぶりでございます」

と腰を折り、挨拶を送ってきた。

磐音は星の光で透かし見た。

「そなたは鶴吉どのではないか」

「へえっ、四年ぶりに江戸に舞い戻ってきましたので」

一年前の冬、加賀の金沢で縁を持った鶴吉が言った。

「まずは長屋に入られよ」

鶴吉が頷いた。

こざっぱりした着流しの鶴吉の姿は、どこかに塒があることを意味していた。

金兵衛長屋の路地にはまだ灯りが洩れていた。

磐音はまず鶴吉を長屋に誘い上げると、行灯と火打ち石の場所を教え、

「灯りをつけておいてくれぬか」

と頼むと隣の水飴売りの五作の長屋に引き返した。

「おいおたねどの、種火を貸してくれぬか」

朝早く出て夕暮れにしか戻ってこぬ暮らしだ。火鉢に種火も埋めてなかった。

「この時分から煮炊きかえ」

そろそろ寝るかという様子の一家三人が磐音を見て、おたねが訊いた。

「食事は外で済ませた。ふいに客が来てな」

おたねは手際よく燠火を十能に載せてくれた。

「旦那は、北割下水で石垣積みの仕事をしているんだって」

五作が興味ありげに訊いてきた。

「朋輩が怪我をした代役だ」

「昼間、おこんさんが金兵衛さんのところに顔を出してそれを知り、呆れた顔をしていたよ」

おたねも言い添えた。

「なにっ、もう今津屋にも知られたか」

「旦那ならいくらでも稼ぎ仕事があるというのにねえ」

というおたねに、

「助かった」

と礼を述べると長屋に戻った。すると鶴吉が行灯の灯りで浮かび上がった三柱の位牌を眺めていた。

鰹節屋から貰ってきた箱に手造りの位牌が三柱並び、その前に水を入れた茶碗が置かれてあった。

河出慎之輔と舞の夫婦、小林琴平と磐音の幼馴染みだ。

明和九年（一七七二）四月の下旬、江戸勤番が明けて国許の豊後関前城下に戻った磐音、慎之輔、そして琴平の三人を、暗い陰謀が待ち受けていた。

若い三人は事情が分からぬままに悲劇に巻き込まれた。

その夜のうちに慎之輔が妻の舞を不義の科で手討ちにし、妹の舞の亡骸を受け取りに行った琴平が半ば狂った慎之輔を討ち果たした。

琴平の上意打ちに磐音が志願し、死闘の末にようよう友を倒した。

これら一連の悲劇は、藩改革を阻止せんとする守旧派の国家老一派が仕組んだことであったのだ。

騒動の後に真相が暴かれ、国家老一派は処断され、新たな再建に向けて関前藩は取り組んでいる最中だ。

ともあれ、磐音は一夜にして幼馴染みを失い、忌まわしい記憶だけが残された。

「幼馴染みの位牌だ」

とだけ磐音は鶴吉に告げた。

「旦那とはおよそ一年ぶりですねえ。最後に別れたのは加賀金沢を流れる浅野川、母衣町の岸辺でござんしたねえ。雪が霏々として降っていたっけ」

鶴吉は遠くを見る目つきで言った。

「あの折りは世話になったな」

磐音は燠火を利用して炭に火を移した。

「独り者の暮らしだ。茶を淹れると申しても時間がかかる」

磐音は台所の隅にあった大徳利と茶碗を二つ持ってきた。

「冷や酒だが再会を祝そうか」

注ぎ分けた茶碗の一つを鶴吉に持たせた。

「馳走になります」

　と茶碗を目の上に掲げた鶴吉が一口飲み、

「よんどころない事情で江戸に舞い戻ってきました、一昨日のことです。身内一人待っている江戸じゃあございませんが、無性に旦那の顔が見たくてねえ、昼過ぎにこちらに足を向けたんで」

「なにっ、昼過ぎからそれがしを待っておられたか」

「こっちの勝手でさ。失礼とは存じましたが、旦那の暮らしぶりも拝見させてもらいました」

「おおっ、石垣積みの仕事を見たか」

「旦那ならばいくらでも楽な仕事がありましょうに、ほんとに変わったお方ですねえ」

　と鶴吉がほとほと感心したという表情をした。

「性分かな。気づくとこうなっておる」

　と応えた磬音が、

「鶴吉どの、それがしになんぞ用事があるのではないか」

「ございました。だがもうよござんすよ」

「話してはくれぬのか」

鶴吉が顔を横に振った。

「旦那の暮らしを見せてもらいましてね、やめました。旦那はたくさんの人たちから頼りにされておられる。わっしの身勝手に付き合ってもらうわけにはいかねえんで」

鶴吉はさばさばと言った。

磐音は酒を口に含み、そして、ゆっくりと喉に落とした。

「鶴吉どのは金沢で命を張ってそれがしを助けてくれたな。奈緒どのの行方も突き止めてくれた」

「別人でございましたねえ」

「奈緒どのが今どこにおるか承知の口振りだな」

「へえ。吉原で今を時めく花魁白鶴に出世しておられるそうで」

「知っていたか」

と呟いた磐音は、

「それがし、そなたに恩義がある。そなたが胸の中になにを抱えているか存ぜぬが、腕を貸せと言われるならば、そなたの命に黙って従おう。われらは共に死線を潜り抜けた仲ではなかったか」

　茶碗を畳の上に置いた鶴吉が、

「有難うございます」

　と平伏した。

「事情を話してくれぬか」

「旦那、あと四、五日、時間をくだせえ。どうしてもわっしの手に負えねえとなれば、改めて旦那にお頼み申します」

「約定だぞ」

「へえっ」

「どこに泊まっておられるな」

「厩新道の旅籠木曾屋に投宿しておりやす」

「それがしの仕事はあと六日ばかり続こう。だが、急ぎ仕事なれば隈五郎親方に頼むこともできよう。遠慮のう言ってくれ」

「へえ、わっしのほうも諸々調べて手立てを講じるのに、それくらい掛かるかもしれやせん。旦那にお会いして、もやもやしていたものがすっきりしましたぜ。これで気持ちよく両国橋を渡れます」

と笑った鶴吉が茶碗に残った酒を飲み干し、

「うれしゅうございましたよ」

と言うと腰を上げた。

「木枯らしが吹く季節だ。風邪を引かぬようにな」

「加賀金沢に比べれば、江戸の冬なんて春先のようなものですぜ」

「よいな、独りで行動するでないぞ」

念を押す磐音に、へえっ、と頭を下げた鶴吉は、土間に下りると草履を突っかけ、

「お邪魔しました」

と言い残すと金兵衛長屋からすうっと姿を消した。

二

翌朝、磐音は少し早めに宮戸川に出た。次平と松吉が出てきたときにはすでに井戸端で仕事を始めていた。

「おっ、今朝は早いな」

「少し早めに切り上げさせてほしくてな」

磐音の言葉に松吉が、

「いくら体が丈夫だとはいえ、そう根を詰めると壊しちまうぜ」

と真顔で注意した。

磐音はいつもより四半刻ほど早く仕事を終えた。そして、石積みの現場に行く前に、本所の法恩寺橋際の地蔵蕎麦に立ち寄った。

この蕎麦屋の主の竹蔵は、南町奉行所の定廻り同心木下一郎太から鑑札を授けられた老練な十手持ちで、町内の人には、

「地蔵の親分」

と呼ばれていた。

店名と親分の異名は、法恩寺橋の東詰に置かれた野地蔵がもたらしたものだ。赤い衣など着せられた野地蔵の前に店があり、表口は横手の辻に開いていた。むろん人情味のある人柄もその異名に籠められていた。

蕎麦を茹でる大釜の火を入れようとしていた竹蔵が、

「坂崎様、隈五郎のところで絞られているってねえ」

と話しかけた。

「どなたもがご存じだ」

「隈五郎は知ってのとおり、悪い奴じゃねえが仕事熱心だ。それだけに下で働く人足は厳しい」

「まったくです」

「竹村の旦那の貧乏籤を坂崎様と柳次郎さんが引かされたようだ」

という竹蔵に磐音は頼みごとをした。

「いやはや、坂崎様のところはちょっとした番屋だねえ。いろいろと騒ぎが飛び込んでくる」

と呆れ顔の竹蔵がそれでも引き受けてくれた。

北割下水の石垣工事は順調に進捗していた。

だが、磐音が竹蔵に会った翌日の昼頃から氷雨が降り出し、手足が悴む中での仕事となった。

隈五郎は律儀な性質で、朝予定したところまではやり遂げないと気が済まない男だった。

「よいか、気を抜くな。怪我をするぞ」

氷雨の中、磐音たちは菅笠を被って、いつもなら一人で抱える切石を二人がかりで運び、慎重に作業を進めた。

「よし、ご苦労さん」

ようようにして隈五郎親方の声が響き、作事場にほっと安堵の声が洩れた。だが、氷雨に打たれた体は凍りついたようで口も満足に利けなかった。

「親方、この雨が明日に残るようだと仕事はどうなるね」

唇を紫色にした人足の一人が心配そうな顔で訊いた。

「仕方ねえ、水かさも増した。雨が降り続くようなら休みだ」

弱々しい歓声が上がった。

磐音と柳次郎は湯屋に飛んで行き、冷たい体に湯を何杯もかけてようやく人心地がついた。

「天気ならばあと三日だが」

「この雨、残りますか」

「雪にでもなりそうな気配です」

「ならば休みだ」

二人は湯船に体を浸していつまでも上がろうとしなかった。

「湯を落としますぜ」

と湯屋の親父に怒鳴られて二人はようやく脱衣場に上がった。するとそこに地蔵の親分がいて、

「さすがの二人も苦労していなさるようだねえ」

と笑いかけた。

「竹村の旦那の尻拭い(しりぬぐ)いではいつも苦労をさせられる」

柳次郎がぼやくと、

「その竹村さんだが、小梅村の妾宅(しょうたく)に出入りして飼い犬の散歩やら芝居見物の供やらでえらくご機嫌ですぜ。石積み工事よりだいぶ楽だし、給金もいいですと」

「おれたちにひでえ仕事を回しておいて、呆れた野郎だ」

と柳次郎が叫び、

「親分、妾宅なんぞに出入りしているというのはほんとなのか」

「ほんともほんとだ。ただし妾(めかけ)は他人の持ち物、本所三笠町の質屋和泉屋の隠居の囲い者だよ。近頃光右衛門(みつえもん)さんの足腰が弱ったとかで、妾宅にお出ましがねえや。竹村さんは悋気(りんき)気味の妾のお守役ってとこかねえ」

と竹蔵が笑った。

「竹村の旦那、あれでちょこちょこ小まめに動くからな」

「品川さん、仕方ありませんよ。なにしろ四人の子持ちですから」

と磐音が竹村のことを弁護した。

「どうです、二人してうちに蕎麦を食いに来ませんかえ」

竹蔵の誘いに柳次郎が、

「風邪を引きそうだ、家に戻ります」

と断った。

竹蔵と二人、相合傘で、磐音だけが地蔵蕎麦に立ち寄ることにした。

「鶴吉のこと、幾分分かりましたよ」

と竹蔵が言った。

「御用でもないのに親分を使って申し訳ござらぬ」

「ひょっとすると御用になるかもしれませんぜ」

「なにっ、鶴吉どのはそのようなことに巻き込まれておるのか」

二人は法恩寺橋を渡った。

横川の水面を相変わらずの冷たい雨が打っていた。そのせいで法恩寺橋界隈は薄く曇って見えた。

地蔵蕎麦の店先から釜の湯気が立ち昇り、それが磐音の心をほっと和ませた。

二人が店に入ると、

「ご苦労さんです」

という定廻り同心の木下一郎太に迎えられた。

「木下どのまで駆り出される話ですか」

磐音は鶴吉の巻き込まれた騒ぎを気にした。

「木下様、坂崎様、まずは座敷に上がってくだせえ」

と地蔵の親分が客のいない座敷に二人を招じ上げた。するとすぐに竹蔵のおかみさんが、

「ご苦労にございます」

と熱燗を運んできた。

「なにやら申し訳ない」

と一郎太が言い、

「坂崎さん、この雨は明日に持ち越しだ。仕事は休みですよ」

と磐音の逡巡を見越したように猪口を持たせた。

「降り続きますか」

「季節を問わず江戸の町を走り回っている町方同心の勘は大したものです。間違

いございません」

　磐音は一郎太が差し出した徳利の酒を受けた。

「まあ、一杯、お飲みなさい。生き返りますよ」

　一郎太の親切な言葉に磐音は熱燗を口に含んで、ゆっくりと胃の腑に落とした。

　酒の燗と友の情がゆっくりと五体に広がっていく。

　一郎太がもう一杯と磐音の猪口を満たしながら、

「鶴吉は浅草花川戸(はなかわど)の生まれ育ちでしたよ」

と言った。

「鶴吉どのは皆さんに追われるような男ですか」

　磐音は一番危惧(きぐ)したことを訊いた。

　地蔵の竹蔵に相談し、それが木下一郎太に知られたとなれば、経緯(いきさつ)はともかく鶴吉を裏切る行為にならないか、そのことを心配したのだ。

「今のところはございませんと言っておきましょうか」

　一郎太の答えには含みがあった。

「だが、事と次第じゃあ、鶴吉の奴、遠島獄門を覚悟しているかもしれませんぜ」

と盆に蒟蒻の刺身や板わさを運んできた竹蔵が言った。

「まず話をする前に坂崎さんと鶴吉の関わりを話してくれませんか」

一郎太が頼んだ。磐音は頷くと、

「奈緒どのを追って京から加賀金沢に行った折りに知り合ったのです……」

と鶴吉が奈緒探しを手伝ってくれたことや、その時、二人して加賀藩中の争いに巻き込まれた話などを告げた。

「鶴吉どのはよんどころない事情で江戸を離れ、金沢に身を寄せていると申しておりました」

一郎太が頷くと地蔵の親分が、

「四年前、江戸を離れた鶴吉はその足で金沢に行ったとみえますねえ」

と言った。

「いえね、坂崎様、鶴吉の一件、請け合ったはいいがまるで手蔓(てづる)がねえ。困ったなと思っているところへ、鶴吉が泊まっている厩新道の旅籠の女中が鶴吉さんは三味線をよく弾くというので、三味線の職人やら芸人をあたってようやく見当がついたんでさ」

「三味線ですか」

思いがけない言葉に磐音が問い返す。

「花川戸の三味線造りの名人、三味芳四代目こと芳造の次男坊でしたよ。三味芳の造る三味線は、特に細棹の音がえもいわれねえくれえ高く澄んで、いい調子だと、芸人仲間に評判の職人だ。鶴吉は、若くして名人の父っつぁんを凌ぐ腕前といわれた男でした」

名人肌の三味線造りがなぜ無頼の徒に落ちたのか。

「これに比べ、長男の富太郎は親父や弟ほど腕に冴えはない。律儀にこつこつと仕事をこなす職人だ。腕前はともかくとして、三つ違いの兄弟は幼い頃から子犬のようにじゃれ合って大きくなり、町内でも評判の兄弟仲だったそうで」

一郎太と磐音の猪口を熱燗で満たした竹蔵が、

「話は変わりますが」

と前置きした。

「坂崎様は、浅草門前町に楊枝屋が何軒か店を連ねているのをご存じですかえ」

「幸吉どのとおそめちゃんを連れて奥山に行ったときに入ったゆえ、承知だ」

「その一軒が、房楊枝で有名な田巻屋でねえ、看板娘をお銀といった。このお銀は幼いときから芸事が好きで、門前町の清元の女師匠文字稲に弟子入りした。この文字稲師匠と三味線造りの芳造は、商売柄付き合いもある。富太郎も鶴吉も親父に連れられて、子供の頃から文字稲師匠のところに三味線の手入れやなんぞで出入りして、文字稲の弟子たちとも顔見知りだ。さあて、若い兄弟が田巻屋のお銀に惚れた。いや、最初は淡い慕情を抱いたくらいですかね。お銀はお銀で、弟の鶴吉を憎からず思っていた。だが、親父や女師匠が目を光らせているところで、なにができるわけではない。また兄弟も互いのことを考えていたから、抜け駆けなどしようとは考えなかった」

　三味線造りの名人、芳造は、兄の富太郎か弟の鶴吉を跡継ぎに指名する時期が近付いて悩んでいた。

　まず普通なら嫡男の富太郎を後継に据える、これが常道だろう。だが、芳造は名人気質の職人だ。鶴吉の腕の冴えを捨て難く思っていた。

　そんな折り、富太郎が父親に、お銀と所帯を持ちたいと相談してきた。お銀と所帯を持てれば、三味芳五代目は鶴吉に譲っても構わないという悲壮な決心を父に告白した。

　富太郎は三味線造りでは弟に敵わぬことを承知していた。ただ、惚れたお銀とはなんとか添い遂げたい、それが富太郎の出した結論だった。

（どうしたものか）

芳造は浅草門前の顔役、香具師の真中の玄五郎に相談した。

浅草生まれの芳造と玄五郎は幼馴染み、若い時分からさんざん一緒に遊びをやって心を許し合った仲だ、父親の跡を継いだのも似ていた。

「芳造、おめえが悩むのはよく分かる。長幼の序なれば、嫡男の富太郎を継がせるのが筋だ。だが、おめえの三味線造りの跡目は、この界隈の芸人たちが口を揃えて、鶴吉だと太鼓判を押す。技をとれば間違いなく鶴吉だ」

「そこを相談してるんじゃねえか」

「お銀は富太郎と所帯を持っていいと言っているのか」

「いや、どうも文字稲の話だと鶴吉に気があるらしい。だが、それもはっきりした話じゃねえ」

「肝心のところが曖昧じゃあ、答えようもない」

玄五郎は自分の倅の長太郎を呼び、

「田巻屋のお銀は、弟子仲間で承知だな。お銀は一体全体、芳造親方の倅のどっちに惚れてんだ」

と訊いた。長太郎も文字稲師匠のところに出入りし、お銀の兄弟子にあたった。

「芳造親方、親父、お銀に惚れているのはなにも富太郎さんや鶴吉だけじゃないぜ。この町内の若い衆ならだれもが心憎からず思い、一度はちょっかいを出したことがあるんじゃねえか」

「おめえもか」

「おりゃあ、素人娘はだめだ」

と言い切った長太郎が、

「親方、親父、兄弟子の特権でお銀に訊いてみようか」

「そうしてくれるか、長太郎さん」

と芳造が長太郎に願った。


「……四年も前の夏の親心が間違いの始まりでしてねえ、坂崎様」

竹蔵が言った。

「長太郎の野郎もお銀に気があったんでさ。そこで長太郎はお銀を鶴吉の名で今の吾妻橋あたりの船宿に呼び出し、知り合いの船頭に銭を握らせて屋根船を大川に出させて、一気に手籠めにして自分の女にしようと企んだ」

「なんということを」

「ところが町内のことだ、鶴吉にご注進をする者がいてね、鶴吉は三味線造りに遣う小刀を持って、猪牙舟で追いかけた。屋根船を見つけたのは竹屋ノ渡しの上の中洲だ。花川戸育ちの鶴吉には、長太郎がどこに船をつけるかもお見通しだったんでございますよ。鶴吉が飛び込んだとき、長太郎がまさにお銀に乱暴をしようというときだったそうな。鶴吉はお銀の体に伸し掛かった長太郎の襟首を引き摑むと、小刀でいきなり脇腹を刺した。そこへさ、今度は長太郎の親父の玄五郎が飛び込んできた。いやさ、文字稲から、ひょっとしたら長太郎もお銀に懸想しているかもしれないと聞かされ、子分どもを方々に放って行方を追っていたところ、血相を変えた鶴吉が猪牙舟で大川に乗り出したという話を、子分の一人が聞き込んできたというわけだ」

「まさか長太郎は死んだわけではあるまい」

　木下の含みのある言葉が気になっていた磐音は問い質した。

「すぐに医師のもとへ運ばれたそうで命に別状はございませんでした」

　磐音がほっとして頷いた。

「玄五郎はその夜の内に、芳造、文字稲、田巻屋の主の東右衛門、門前町の御用聞き三喜松親分を呼んで、仔細をすべて話し、息子の所業を謝った。その上で鶴吉の赦免を皆に願ったんでさ。わっしと木下様がこんなふうに詳しく事情を知り得たのは、北町奉行所の出入りの三喜松の父っつぁんがいたからですよ」

と地蔵の竹蔵親分が説明した。

「つまりは刃傷沙汰(にんじょうざた)はなかったことで話がついたのですね。お銀はどうなったのです」

「富太郎と所帯を持たせ、田巻屋に婿(むこ)養子に迎えることが親同士の話し合いで決まりました。その代わり、三味芳五代目は鶴吉に継がせるという約束でさあ」

「長太郎は刺され損ですか」

「経緯が経緯です。公にすれば、鶴吉も長太郎もお白洲(しらす)の裁きを受けることになりますからね。三喜松の父っつぁんが胸一つに収めて、一件落着の手打ちがなった。ところがその夜のうちに鶴吉が、三味線を造る道具を血で汚した以上、職人を続けられないという置き文を残して、花川戸の家から姿を消したんでさ。おそらく長太郎を刺す覚悟をつけたときから、鶴吉は三味芳五代目とお銀を兄に譲ると心に決めていたんでしょう」

「それで金沢に走ったか」

「加賀百万石の金沢はお袋さんの出でしてねえ」

と竹蔵は言うと、

「酒の熱いのを持ってきましょう」

と座を立った。

氷雨はやむことなく降り続いていた。

「富太郎とお銀は所帯を持ったのですか」

磐音の問いに一郎太が、

「はい。鶴吉が浅草を出奔してひと月後に祝言が挙げられ、富太郎は三味芳五代目を継ぐことも決まった。だが、お銀は鶴吉への思いが残っていたか、富太郎との仲がどうもうまくいかない。そんな折り香具師の玄五郎が急死して、長太郎が跡目を継いだのです」

と答えたところに竹蔵が新しい酒を運んできた。

「浅草門前町を仕切ってきた香具師の玄五郎は、侠客といっていいほど、侠気のある親分でしてねえ、祭りの仕切りもあちこちに目配りして、どこからも文句が出ないようにしてきた。一転、その跡目を継いだ長太郎は、香具師の領分を超えて、賭場も開けば金貸しもやる。それに浪人ものや渡世人の用心棒を飼って、腕ずくで縄張りを広げていったんでさ」

竹蔵が磐音と一郎太の猪口に熱い酒を満たした。

「騒ぎが再燃したのは、半年も前の玄五郎の法事が終わった後のことらしい」

一郎太の言葉に竹蔵が相槌(あいづち)を打って代わった。

「すでに五代目三味芳を富太郎に譲って隠居をしていた芳造が、長太郎に、金貸しや賭場をやるのは先代の顔に泥を塗る所業ではないかと注意したらしい。聞く耳を持たない長太郎は、親父の幼馴染みの芳造に、時世が違うんだと反対に罵倒(ばとう)したという。それから半月もしないうちにお銀が長太郎の妾になったとかならないとか、船宿なんぞで遊ぶ姿が見られるようになった」

「お銀は長太郎のことが嫌いではなかったのですか」

「人というのは不思議なものでねえ、四年も前の娘時代には乱暴されようとして抗(あらが)った女が、今では長太郎親分に三間町の黒板塀(くろいたべい)の家に囲われている」

「富太郎はなにも言わないので」

「鶴吉と違い、富太郎は気が弱すぎる性質で、黙したままだ」

「ところが親父さんの芳造は三味線を作らせたら名人と言われた男だ。妾宅に怒鳴り込んでいった。ふた月前のことですよ」

と竹蔵が一郎太の言葉を補足した。

「坂崎さん」

と一郎太がさらに竹蔵に代わった。

「激しいやりとりがあったのは確かだが、芳造が三間町の家を出たところは何人かに見られています。ところが、花川戸の家に芳造が戻ることはなかった。次の朝、大川端駒形堂の岸で、胸を一突きされた芳造の死骸が浮いているのが発見されたのです」

鶴吉を金沢から江戸に四年ぶりに戻らせた理由だ。

「長太郎の用心棒の一人に讃岐浪人の丹下朱馬という者がおりましてね、これが両手突きの名人で、芳造を刺殺したと考えられる。ところがあの夜、賭場で仕事をしていたのを何人もの者が見ていると口裏を合わせているもので、三喜松親分も手が出せない」

長い話が終わった。

「坂崎さん、たれぞが金沢に知らせたらしく、鶴吉が戻ってきたというわけです」

一郎太が話を締め括った。

磬音は冷えた酒を啜った。そして、思った。

（鶴吉どのを牢に送るようなことだけには決してしてはならない）

冷たい雨は相変わらず降り続いていた。

三

厩新道は通油町と小伝馬町の表通りの間を走る裏道だ。

旅籠木曾屋はそんな厩新道の中ほどにある小さな宿だった。客の多くは江戸見物や公事に出てきた人のようだ。

磐音が訪ねた夕暮れ前、旅籠の中には雑多なお国言葉が飛び交っていた。

鶴吉は外出しているとかで、まだ部屋に戻っていなかった。そこで磐音は、牢屋敷の西側を流れて、幽霊橋で鉤の手に曲がって大川に向かう入堀端に佇んで、鶴吉の帰りを待つことにした。

北割下水の石積み工事は、氷雨で一日休みがあったにもかかわらず、予定どおりに作事を終えた。

隈五郎親方の気性そのままの仕事ぶりだった。

磐音と柳次郎は、約束どおり竹村武左衛門の差額を貰った上に、十二日分の日当として一両三分ずつを頂戴した。

「旦那方ならいつでも雇うぜ。仕事がほしければ、うちに顔を覗かせてくんな」

と本所三笠町の家を教えた。だが、

「竹村の旦那は酒に弱くてな、こっちは困り者だ」

と髭面を顰めたものだ。

磐音と柳次郎は、作事を無事終えた日、湯屋の帰りに竪川端の一杯飲み屋で祝杯を上げた。怪我もなく仕事を終え、その上、あまり期待はしていなかった日当まで貰ったのだ。

「坂崎さん、こうやって仕事が終わってみると隈五郎親方の髭面が懐かしくなりますね」

「いかにも。だが、明日からまた仕事だと言われればどうなされます」

「それは当分御免です。なにしろ手抜きができず、みっちり働かされますからね」

柳次郎が苦笑いした。

「結局、われらは竹村武左衛門の尻拭いをした結果、旦那のだらしなさが改めて骨身に染みただけだ」

「品川さん、独り者のわれらと違い、竹村さんの両肩には一家六人の重みがずしりと載っています。時にそのことから逃げ出したくて、酒に手を出すのでしょう」

「分からなくはないが、限度があります。それに妻子五人といっても、好きで勢津どのと所帯を持ち、子供をつくったのだから、だれの責任でもありませんよ」

そう言いながらも柳次郎は、帰りに差額の日当を届けると言った。

「妾のお守りなどやってちゃらちゃらしている旦那には渡しません。勢津どのに渡します」

と柳次郎が言ったものだ。

今朝、磐音は宮戸川の鰻割きに行き、六間湯で長湯した後、金兵衛長屋に戻って二度寝をした。腹を空(す)かして目を覚ましたら、七つ（午後四時）に近い刻限だった。

そこで慌てて大川を渡り、厩新道に来たというわけだ。

堀の水面に灯りが映り、帰りを急ぐ荷足(にたり)舟などの棹(さお)や櫓の音が響いてきた。

磐音の腹が何度目か、

くうっ

と鳴ったとき、細身の影が堀端に走ってきた。

「旦那」

「おおっ、戻ってこられたか」

鶴吉が頷き、磐音は、

「夕餉はまだであろうな」

と訊いた。

「北割下水の石積み仕事が終わったようですね」

「終わったが、今日になって節々が痛む」

鶴吉が苦笑いして、

「ちょいと歩きますが、よろしいですか」

鶴吉は堀端に沿って東へと下り始めた。

磐音は鶴吉に肩を並べて話しかけた。

「鶴吉どの、そなたに謝らねばならぬことがある」

「何ですねえ、旦那」

「そなたが三味芳四代目の倅どのということを、それがし、承知しておる」

鶴吉は足は止めずに顔だけを磐音に向けた。

「調べられたので」

磐音は頷いた。

「四年前になにが起こったか、ご存じなんでございますね」

「そなたが親父どのの仇を討たんと江戸に戻ってきたこともな」

しばし間があった後、

「手間が省けていいや」

「怒らぬのか」

「わっしが旦那の立場でもそれくらいは調べますぜ」

「すまぬ」

「もうそれは言いっこなしだ」

鶴吉の返事にはなにかすっきりとした感じもあった。

「鶴吉どの、改めて申し上げる。それがしのことをよう思い出してくれた、坂崎磐音、微力を尽くす」

「旦那」

鶴吉の足が止まった。

「ただし、そなたを牢屋敷に送り込みとうはない」

「…………」

「五代目には会われたか」

鶴吉が顔を曖昧に振った。

「兄貴があれほど腑抜けになるとはね」

「お銀どのとはどうかな」

鶴吉が溜息をついた。

「お銀にはお銀の言い分もあるだろうが、つくづく女は分からねえや」

「長太郎に囲われた暮らしだと聞いたが、さようか」

「それだけなら許せるがねえ」

と鶴吉が暗い口調で言った。

二人はしばらく黙々と歩いた。

鶴吉が磬音を誘ったのは、元和三年（一六一七）、庄司甚右衛門が幕府の許しを得て、葺屋町界隈に遊里を開き、明暦の大火の後に日本堤の新吉原に移るまでのおよそ四十年、紅灯で江戸の男衆を誘惑した元吉原近く、竈河岸の裏手の一杯飲み屋だった。

間口二間半奥行き六間ほどの店の左右の壁際に、半間ほどの板の間が長く伸びていた。

「鶴さん」

と壮年の親父が鶴吉の顔を見て呼びかけ、

「連れとはめずらしいね」

というと奥を顎で指した。

鶴吉は、船頭、駕籠かき、職人衆が客の大半を占める飲み屋の店先を避けて、さらに奥に入り込み、料理場脇の狭い板の間に通った。客間ではない、奉公人たちの休む部屋だ。それだけ鶴吉とこの店の繋がりが深いということを意味していた。

磐音も従った。

きちんと整理された畳の間の壁に、紫色の袋に入った三味線がかけてあった。

鶴吉の目がちらりと三味線を見た。

「魚河岸に近うございますから魚が自慢なんで」

と磐音に説明すると、

「任せる」

と親父に言った。

頷いた親父が台所に姿を消した。

「あれでも昔は新内節(しんないぶし)では右に出る者がないといわれた芸人でしてねえ、女で失敗(しくじ)って江戸を離れたこともある。つまりはわっしの先達なんで」

酒が運ばれてきた。

親父が黙って磐音と鶴吉の猪口を満たしてまた台所に消えた。

二人は猪口の酒を黙って飲み干した。

その後もしばらく無言の時が続いた。

磐音は思い切って訊いた。

「お銀どのはそなたに惚れ、そなたもお銀どのに惚れていた。相思相愛の二人、なぜ一緒にならなかった。さすればお銀どのも迷いの道に踏み込まずに済んだかもしれぬ」

「酷なことをおっしゃいますね」

「酷か」

「旦那はなぜ奈緒様が吉原に入るのを見過ごされたんです。日本じゅうの遊里を奈緒様の影を追ってさ迷われた旦那の覚悟とあの腕がありゃあ、どんな手立てもついたはずだ」

「最後の一歩が踏み切れなかったのだ」

「旦那、わっしも一緒でさ」

「お銀どのと一緒になり、親父どのの跡を継ぐ。それが三味芳にとってもそなたら親子にとっても最善の道だったような気がするが」

「それができねえから、旦那もわっしもこうしてうじうじしているのさ」

似た者同士と言い切った鶴吉が、磐音の空の猪口に酒を注いだ。

「鶴吉どのは親父どのが殺されたことをどうして知られた」

「細々ながら江戸にも繫がりがございますんで」

とだけ鶴吉は答えた。

「親父どのを長太郎の命で讃岐浪人丹下朱馬が殺したのは間違いないか」

「親父は一徹者だ。掛け合いに行った夜、兄貴も連れていったんで」

「なにっ、富太郎どのも」

「ところが兄貴はお銀に会うのが怖くて家に入る前に逃げ出したんで」

「…………」

「兄貴は黙っているが、親父が殺されたのを見ていたと思える節がある」

「そのような様子が窺えるのか」

「一つは、あの夜遅く真っ青な顔で兄貴が花川戸の家に戻ってきたそうです。明け方、親父の死を知らされた兄貴は、そのことを予測していたような気配を見せたそうなんで」

「他には」

「親父の弔いの後、長太郎のところからお銀をえさに兄貴に誘いがかかり、賭場に入り浸るようになってしまったことですよ。長太郎は親父が殺されるのを兄貴が見ていたと知って、あの手この手で骨抜きにしたんじゃねえかと思えるんで」

「富太郎どのは博奕(ばくち)に狂っておられるのか」

「夜な夜な長太郎の呼び出しに応じて、賭場通いなんで。今じゃあ、親父が造った三味線もあらかた博奕に消えちまったんです。もはや三味芳の名はねえも等しい」

親父が新しい酒と寒鰤と大根の煮付けを運んできた。

磐音は鶴吉に酒を注いだ。

「鶴吉どの、どう始末する気だ」

「親父の仇は討ちてえ」

とはっきり言い切った。

「直接手を下した丹下朱馬と、命じた長太郎の二人か」

「へえっ」

「相分かった」

と磐音は答えた。

「そのときはそれがしが同道する。よいな」

「内情を知った上で助けるといわれるんで」

「金沢ではそなたが助けてくれた」

「銭をいただきましたぜ」

「命のやり取りに見合う金子など持ち合わせてはいなかった」

とその話題に蓋をした磐音は、

「富太郎どのが夜な夜な引き込まれる賭場とはどこだな」

「江戸の海の上にござんすよ」

「江戸の海とな。船か」

「へえっ、藍玉を運んでいた、古い千石船を賭博船に改装したんで」

驚いた。

千石船を賭場に仕立てるなど聞いたこともなかった。

「長太郎の野郎、お上の目を晦ますために、遊客を乗せた屋根船を大川から越中島沖に出して、そこに待ちうけている賭博船に乗り換えさせる手を考え出したんでさ。屋根船の出立は暮れ六つ（午後六時）時分、戻りは明け六つ（午前六時）前なんです」

鶴吉はここ数日、屋根船と賭博船を追っていたと言った。

「胴元の長太郎は当然にしても、丹下朱馬も賭博船に乗るのかな」

「へえっ、お銀もときに姿を見せますぜ」

「なんと」

「長太郎の野郎、船の中に湯船を造っていて、博奕に飽きた連中には、湯女を用意してましてね。女、酒、料理と気分を変えさせて、また賭場に戻すんです。賭博船はその夜によって、いる場所が違うんで、陸からではまず分かりやせん」

「大掛かりな遊び船だな」

「兄貴もこの手に骨抜きにされたんで」

「なんと。毎夜、何人ほど集まるな」

「大店の主、坊主、遊び好きな幕臣、大名家の留守居役やら御用人、魚河岸の旦那衆、役者衆という選びぬかれた上客が、毎晩四、五十人は集まります。あの分なら、長太郎の懐には一晩で何百両もの寺銭が入る算段だ」

「屋根船は、どこから出るな」

「この店の近くの竈河岸に藍玉問屋の蔵があるのをご存じですかえ」

「いや、知らぬ」

「三年前まで藍玉問屋の徳島屋の持ち物だったんです。敷地の蔵まで水路で藍玉を引き込めるようにしてあったのに長太郎が目をつけて、古船の藍玉船と一緒に買い取ったんで」

磐音は、鶴吉がこの店に連れてきたのも藍玉問屋の跡を見せたかったからかと納得した。

「鶴吉どの、そなたはもはや三味線を造る気はないのか」

黙々と酒を嘗めていた鶴吉が顔を横に振った。

「一度遊び癖がついた者が、職人の暮らしに戻れるわけもございませんや」

「そうかな」

「旦那はその昔、勤番侍だったそうで」

「さる大名家に奉公しておってな」

「今さら裃着けての侍奉公に戻れますかえ」

「難しかろうな」

「で、ございましょう」

鶴吉はふいに立つと三味線を取った。

布袋をはずした鶴吉は音締めをしながら、

「親父が造った三味線なんで」

と指し示した。

磐音にも、その三味線が見事な素材で精緻に仕上げられていることが一目で分かった。

鶴吉は三味線を抱えると新内節の前弾を始めた。

磐音は芸事には無骨な人間であったが、鶴吉の弾く調べは哀婉切々と胸に響いてきて、訴えるものがあった。

台所から親父が顔を出した。

そして、鶴吉の弾く前弾に黙って耳を傾けていたが、

〈お顔のやつれを見るにつけ、お宿の首尾はいかがやと……〉

と声を絞り、ふいに止めた。

「鶴さんの三味はいいが、こちとらがいけねえや。親父さんの三味線を汚しちま

ったねえ」

鶴吉はなにも答えようとはせずにただ哀調の調べを弾き続けた。


賭博船に客を送る屋根船は未だ戻っていなかった。

磐音は暗い藍玉問屋の門前で鶴吉と別れた。

永代橋から南六間堀町の金兵衛長屋に戻るかどうか迷った末に、崩橋から湊橋を渡り、さらに霊岸橋を通って八丁堀に入っていた。

この界隈は南北両町奉行所の与力同心が屋敷を構えている一帯だ。

五つ半（午後九時）を過ぎていた。

初めて訪ねる屋敷が見つかるかどうか心配したが、折りよく通り合わせた中間が南町奉行所年番方与力の屋敷を承知していて、門前まで案内してくれた。

表戸は閉じられていたが、通用口を押すと中へ、
すいっ
と開いた。

「御免」

と声をかけながら玄関先まで通った。

だが、仕事熱心な南町の知恵者与力が帰宅しているかどうか心配になった。第一磐音は笹塚が所帯持ちかどうかも知らなかった。

「夜分に申し訳ござらぬ」

と何度か声をかけると、

「どおれ」

と声がして、手燭(てしよく)を持った大頭の小男、笹塚孫一その人が式台に出てきた。

「おぬしか、夜分遅く訪ねてくるところを見ると金儲けの口であろうな」

とだらしなく寝巻きを着た笹塚が嬉しそうに笑いかけ、

「上がれ」

と命じた。

四

その夜、二隻の屋根船はひっそりと、藍玉問屋だった徳島屋の引き込み水路から前の運河へと出た。

対岸は暗く沈んだままで人の気配もない。

船はすぐに暗がりに溶け込むと入堀に曲がり込み、浜町河岸を通って川口橋を潜り、大川へ出た。

そのとき、屋根船にうっすらと灯りが点された。

女の声が響き、薄く開けられた障子の間から煙草の煙が大川に流れた。

二隻の屋根船は河口へと静かに、だが、早い船足で向かった。

三丁櫓のせいだ。

前方に石川島の葦原と佃島の住吉社の常夜燈の灯りがおぼろに見えてきた。

屋根船は、越中島を左手に見ながら深川沖を東に曲がった。

佃島から越中島の沖合いには大小様々な帆船が一時の眠りに就いていた。それらの船の艫に点された常夜燈がかすかに波間に映えて、海を密やかに煌かせていた。

再び灯りを消した屋根船は、沖合いの帆船の群れを見ながら海辺新田から木場の沖を東進した。

海上から停泊する船影が消えた。

平井新田の沖だ。さらに進んだ。すると前方に大小二隻の船影が二丁ほど離れてうっすらと見えてきた。

一隻は賭場を備えるという千石船、葦原近くに停船するもう一艘は半分ほどの大きさの湯女船のようだ。

二隻の屋根船は賭博船に吸い込まれるように漕(こ)ぎ寄せられた。

屋根船から数丁離れた波間に隠れるように小さな伝馬船(てんません)が浮いていた。

櫓を握るのは鶴吉で、船の中央に座すのは坂崎磐音だ。

足の間に木刀を抱えていた。

「旦那、大きなほうが賭博船でしてね、もはや千石船として荒海には乗り出せねえ古船でございます。ですが、江戸の沖に止めておくには大丈夫なように手が加えられています。千石船は元々総甲板が張ってございませんが、あの賭博船には上棚の上にしっかりとした屋根代わりの甲板が張ってございましてね、その下がぶち抜きの賭場になっているのでございます。賭場は六間に二間半の広さはあろうかと申します。ばかでかい盆茣蓙(ぼんござ)で一度に三、四十人が遊べるそうです」

「船はまったく動かせぬのかな」

「いえ、客を送り出した後には平井新田の葦原に突っ込んで人目を避けるために櫓で動かします。昼間、この辺りを探したところで、広い葦原に隠れていりゃあ、海からはまったく気がつきませんや」

鶴吉はすらすらと賭博船のことを磐音に説明した。

「いえね、長太郎の子分の一人で賭博船の見張りに就いたことがある半端者がおりやしてね。そいつを脅したり、すかしたりして聞き出したことなんで」

「苦労したな」

「てめえのことですから」

と鶴吉が笑い、

「湯女船ですが、こっちは船倉に大きな湯屋を拵えて趣向を凝らし、湯女がいつも十数人はいるそうで。そいつを仕切っているのがお銀なんでございますよ。相手次第で、女も変われば変わるもので」

鶴吉はかつて惚れ込んでいたお銀のことを突き放すように言った。

二隻の屋根船から賭博船に客たちが乗り込んだ様子だ。が、灯りも人声も海に洩れてくる気配はなかった。それだけ外に怪しまれないように改装されているということだろう。

だが、湯女船からは夜の海に煙が薄く立ち昇って、湯が沸かされていることを示していた。

客に代わって屋根船には用心棒らしい男たちが分乗して、賭博船と湯女船を見張る仕事に就いた。それぞれ五、六人の浪人者や遊び人が乗り込んだ。

「長太郎の親父、真中の玄五郎親分は、本道の香具師でしたよ。寺社方にも露天商の連中にも敬われる親分で、香具師の本筋を外すようなことはこれっぽっちもしないお人だった」

鶴吉の声は淡々と磐音の耳に伝わってきた。

賭博船の暗い影は変わらなかったが、賭場の熱気が静かなうちにも闇に滲んで磐音たちの伝馬船にも伝わってきた。

小舟に二人が揺られること一刻半（三時間）、刻限は五つ半（午後九時）近く、見張りの屋根船が賭博船に着けられ、小さな提灯の灯りのもと、数人の遊客が屋根船に乗り移った。湯女船に気分を変えに行く客たちだ。

「なんてこった、兄貴がいやがるぜ」

闇の海上を透かしていた鶴吉が呻くように呟いた。

「親父の代からの弟子たちは、兄貴の所業に愛想を尽かしてだれもが逃げ出しました。うちにはもはや金なんて残ってねえはずなんだが」

鶴吉の言葉は独白のように闇に消えた。

賭博船から湯女船へと、二丁離れた海を屋根船が向かった。

一瞬、女の嬌声が響いてきた。

「長太郎も丹下朱馬も賭博船に乗っているのだな」

「間違いございません」

「ならばもうしばらく寒さを辛抱いたすとするか」

賭場を仕切る連中にも、夜半を過ぎると神経が散漫になるときがあるはずだ。

磐音と鶴吉はそこを襲おうと考えていた。

時が静かに流れて、伝馬船の二人の体を冷やした。

屋根船が何度か賭博船と湯女船の間を往復した。

鶴吉が目を皿のようにして見ていたが、富太郎は湯女船から離れていないという。

夜半近くになった。

ふいに湯女船から女の悲鳴が上がり、用心棒を乗せた屋根船一艘が、急ぎ漕ぎ寄せていった。

「鶴吉どの、湯女船の反対側に寄せられるか」

「へえっ」

鶴吉が承知して櫓に力を入れた。

湯女船に接近すると、白い煙と一緒に甘酸(あまず)っぱい匂いが漂ってきた。

「阿片ですぜ」

湯女船には、女と酒だけではなく、賭場の感覚を麻痺(まひ)させる阿片まで用意してあるようだ。

鶴吉が巧みに小舟を湯女船の舳先に着けた。

「図々しいったらありゃしないよ。賭場に戻りたがらないと思ったら、金がないというのかえ」

伝馬船から湯女船に乗り込もうとした二人の耳に女の声がした。

鶴吉が、

「お銀です」

と吐き捨てた。

磐音と鶴吉が伝馬船にしゃがんだ。

「お銀、てめえは亭主を虚仮(こけ)にするにもほどがあるぞ」

「なにが亭主だえ。親分に女房を寝取られたというのにあたしの面もまともに見られない男が、いまさら亭主面するない。賭場の駒代がないって、このお銀様から貰う算段か。ふざけるんじゃないよ、出直しておいで！」

鶴吉が舌打ちした。

「お銀、三味芳の身代は一切合切、長太郎とおまえにむしり取られた。もううちには金なんぞないよ」

「金の切れ目が縁の切れ目、三味芳五代目も終わりだねえ」

「お銀、お上の目を潜る賭博船と湯女船のこと、おそれながらと奉行所に訴えてやろうか」

「先生方、こやつを賭博船に運んで親分に始末をつけてもらいな!」

お銀の非情の宣告に、富太郎の罵(のの)り声と悲鳴が同時に響いた。

「なにをしやがる!」

そのとき、磬音のかたわらから鶴吉が動いた。湯女船に飛び移り、

「待ちねえな」

と声をかけると一気に船上を走り、富太郎の首根っこをつかまえていた子分の腰を蹴(け)り転がした。

「てめえはなんだ!」

と叫ぶお銀の声が途中で消えた。

「つ、鶴吉さん」

お銀の驚きの声を聞いて、磐音はゆっくりと湯女船に上がった。

「久しぶりだな、お銀。相変わらず婀娜(あだ)っぽいと言いてえが、薄汚い女狐に落ちぶれたようだ」

「なにを言いやがる！　だれのせいでこうなったとお思いだえ」

「おれのせいとは言わせねえぜ。おまえは一旦、兄貴の嫁になったんだ」

湯女船の上で、かつて惚れ合っていた男と女が憎しみの視線を交わした。

「つ、鶴吉」

と叫んだのは、湯女船から屋根船に抱え降ろされようとした富太郎だ。そして、そのかたわらには鶴吉に蹴飛ばされた相撲(すもう)取りのように大きな体の男が飛び起きて叫んだ。

「おめえたちは何者だ！」

「騒ぐんじゃねえ」

と沈んだ声で制した鶴吉が、

「兄貴、おめえも名人と呼ばれた三味芳の五代目だ。女房を始末して、自分も死にねえな。その程度の意地は残っているだろう」

鶴吉が懐の匕首を鞘(さや)ごと抜いて兄の足元に投げた。

富太郎が飛びついた。そして、震える手で鞘を抜いた。

屋根船から用心棒たちが湯女船に飛び込んできた。

「鶴吉どの、それがしの脇差を」

磐音は脇差を鶴吉に渡すと、湯女船に飛び込んできた浪人ややくざ者の前に走った。すでに三人が富太郎と鶴吉の兄弟へ殺到しようとしていた。

その前に磐音が立ち塞がった。

「二人だけだぞ、押し包んで殺せ！」

用心棒の浪人が剣を抜くと湯女船と屋根船の仲間に命じた。

足場の悪い船上にも拘らず二人のやくざ者が長脇差を閃かせて突っ込んできた。

磐音の木刀が翻ったのはその瞬間だ。

地摺りから左の襲撃者の腰を叩いた木刀が右に回って一閃された。それが突進してきた二人目のやくざの顎を砕いて転がした。さらに磐音は、

「押し包んで殺せ！」

と命じた用心棒の正面に飛んでいた。

相手は磐音を引き付けて袈裟懸けに襲おうとした。

だが、この夜の磐音は迅速だった。虚空に振り上げた木刀を反転させ、身を沈

めて袈裟懸けを搔い潜りながら体当たりしていた。

この奇襲に相手がよろよろとよろめいて後退りした。

その肩口を木刀が襲った。

一瞬のうちに三人を倒した磬音が、富太郎と鶴吉兄弟とお銀を振り返った。

富太郎が立ち上がり、お銀に匕首を向けた。

「おまえさん！」

と片手を差し出してひらひら振り回すお銀に、富太郎がよろよろと歩み寄った。

そのとき、船の床に転がっていた大男が飛び起きると、匕首を片手に富太郎に突っ込んでいった。

「兄貴！」

鶴吉の叫び声の直後、さまざまなことが同時に起こった。

富太郎の匕首がお銀の胸を刺し、その富太郎の背を大男の匕首が貫き、さらに鶴吉の脇差が大男の太股（ふともも）を叩きつけるように斬りつけていた。

大男が転がり、富太郎とお銀が匕首に刺し貫かれて船べりに立っていた。

お銀が苦悶（くもん）の表情を鶴吉に向けた。

「鶴吉さん、おまえさんがすべて悪いんだよ。あたしの気持ちを踏みにじって、自分だけがいい子かえ」

富太郎の体がゆらりと揺れて、お銀と一緒にずるずると崩れ落ちた。

鶴吉は脇差を片手に、富太郎とお銀の夫婦を黙したまま見下ろしていた。

磐音が膝をつき、二人の呼吸を確かめた。

荒く弾む二人の息がほとんど同時に消えた。

愛憎に塗(まみ)れた夫婦だが死の瞬間は一緒だった。

磐音が鶴吉に顔を振り、

「鶴吉どの、時間がない」

というと立ち上がった。

屋根船が賭博船に注進に走っていた。

二人は伝馬船に飛び乗った。

櫓に鶴吉が飛び付き、磐音が湯女船の船腹を押した。

伝馬船は屋根船を追って夜の海に追跡を始めた。

屋根船を漕ぐのは一人だ。

身軽な伝馬船は船全体をしならせながら差を詰めていった。

猛然と走り来る伝馬船に異常を感じたか、もう一隻の屋根船が漕ぎ寄せてきた。

磐音は遠くから漕ぎ寄せてくる無数の早船の気配を察すると、

「鶴吉どの、われらは賭博船に乗り込むぞ！」

と命じた。

「へえっ」

鶴吉が磐音の意を汲んだように伝馬船を迂回させて賭博船の反対側に漕ぎ寄せた。

磐音は伝馬船の舫い綱を手に賭博船に這い上がった。手早く舫いを賭博船の舷側に括りつけた。

鶴吉が磐音のかたわらに飛び上がってきた。

「鶴吉どの、そなたの相手は丹下朱馬と長太郎だけだ、よいな」

「分かっておりやす」

二人が得物を改めた。

鶴吉は磐音の脇差、磐音は木刀だ。

「参ります」

磐音は頷き返し、海上に目をやった。

いくつもの船影が遠巻きに賭博船と湯女船を囲もうとしていた。

南町奉行所の御用船だ。むろん指揮するのは南町の知恵者と恐れられる年番方与力の笹塚孫一だ。

磐音と鶴吉は賭場への降り口に忍び寄った。見張りの二人が、漕ぎ寄せる屋根船と御用船の影を訝（いぶか）しげに見ていた。

「兄い」

と呼びかけた鶴吉が脇差の柄頭（つかがしら）を一人の鳩尾（みぞおち）に叩き込み、磐音がもう一人の子分の首を絞め落とした。

扉を開けると階段が賭場へと下っていた。そこから明るい光が洩れてきて煙草の煙と賭場のざわめきが這い上がってきた。

鶴吉は脇差を翳（かざ）すと階段を一気に走り下りた。

磐音も従う。

「てめえはなんだ！」

賭場の入口を固めた子分が、侵入してきた鶴吉に呼びかけた。が、鶴吉の左足に下腹を蹴り上げられ、ちょうど、

「丁半駒揃いましてございます！」

と告げられた盆茣蓙の上に後ろ向きに転がった。

「あっ！」

「なんだ、どうした！」

「手入れか」

「踏み込んだのは二人だ、殺せ！」

という悲鳴と怒号が響き渡った。

盆茣蓙の向こうで瘦身に着流した剣客が立ち上がった。

丹下朱馬だろうか。

その間にも、立ち騒ぐ客たちが左右の壁に後退り固まった。

盆茣蓙の上に駒札が飛び散っていた。

「鶴吉か」

でっぷりした羽織の男が用心棒の陰からゆらりと立ち上がった。

「親父を殺すように命じたのはてめえだな」

「さてな、三味芳は駒形堂の下に胸を突かれて浮いていたってな。丹下先生、おめえさんの得意の突きかえ」

と長太郎がふざけてかたわらの丹下に訊いた。

「はて覚えはないが」

鶴吉が片足を白い盆茣蓙の上に載せた。

丹下が剣を抜いて正眼の構えをとった。

「鶴吉どの、親父どのの本当の仇はやはり長太郎のようだ。こやつは金で命ぜられたただの殺し屋だ」

磐音は言うと、鶴吉のかたわらから盆茣蓙の上に立った。

「丹下先生、賭場を荒らした野郎どもだ、早々に始末してくんな！」

と命じながら、子分の一人に片手をひらひらさせた。

金無垢(きんむく)拵えの派手な長脇差が長太郎に渡された。

磐音と丹下朱馬が、盆茣蓙四間の間合いで見合った。

かたわらで鶴吉と長太郎が睨み合った。

「三味芳四代目芳造どのの仇討ち、義によって助勢いたす」

「義だ恩だと一番耳障(みみざわ)りな言葉でな」

丹下の痩身が正眼の剣を目の高さまで上げた。そして、腰をわずかに沈め、ゆっくりと柄から左手を離した。

なんと片手突きだ。

「それが必殺の突きか」

「唐から渡ってきた南蛮流片手突き、未だ破れたことなし」

朱馬は誇るふうもなく言い切った。

「お相手いたす」

磐音は木刀を胸前に立てた。そして、春先の縁側で日向ぼっこをしている年寄り猫のように気配を消した。

賭場の時間が止まった。

丹下朱馬が片手の剣を胸前に引き付けた。もう一方の手は横に突き出されていた。剣を持つ手をゆっくりと前後に動かしながら間合いをとった。さらに今一度胸に引き付け、

「おうっ！」

という叫びとともに盆茣蓙の上を低い姿勢で走った。

四間の間合いが一気に縮まり、片手の剣が一条の光に変じて磐音の胸を襲った。

居眠り猫が微風に誘われるように目を覚まして舞った。

木刀が伸びてきた片手突きの鎬に擦り合わされ、虚空に弾いた。

丹下朱馬の体がわずかに流れた。

磐音の木刀が、

ふわり
と虚空に舞って、体の流れる丹下の眉間を、
びしり
と叩いた。
丹下の痩身がくねくねと揺れ動いて、割れた額から盆茣蓙の上に血が飛び散った。
背を丸めた鶴吉が、
「長太郎、覚悟！」
と磐音の傍らを走り抜け、長脇差を振り下ろそうとする長太郎の懐に飛び込んで胸に脇差を突き通したのはその瞬間だ。
二人は盆茣蓙の端で睨み合うように絡み合っていたが、
「くそっ！」
と呟いた長太郎の太った体がずるずると鶴吉の細身から滑り落ちていった。
ふーう
という鶴吉の息が賭場に洩れた。
「南町奉行所のお手入れである、神妙にいたせ！」

という声が外の海から響いて、固唾を呑んで勝負の行方を見守っていた客や子分たちが慌てふためいて逃げ場を探そうと階段に殺到した。だが、海上のことだ、逃げ場はなかった。

賭博船の外では騒ぎが始まっていた。

「坂崎様、これですっきりいたしました」

血振りをくれた脇差を懐の手拭(てぬぐ)いで拭(ぬぐ)った鶴吉が鞘に納めて、磐音に返した。

いつの間にか賭場には磐音と鶴吉の二人しか残っていなかった。

外では賭博船と湯女船を取り囲んだ南町奉行所の御用船が次々に客たちを捕縛(ほばく)していた。

「それがしはただの見物にござる」

「愚僧も法事に呼ばれただけ」

捕り物騒ぎの間を縫(ぬ)って奇妙な言い訳が洩れ聞こえてきた。

四半刻も過ぎた頃合い、階段に足音が響いた。

現れたのは南町奉行所の切れ者、年番方与力の笹塚孫一だ。

大頭にちょこんと陣笠(じんがさ)を乗せた小男が、

「世に悪の種は尽きまじじゃのう」

と磐音に言いかけ、長太郎が最前まで座っていた胴元の金箱を覗き込んで、

「坂崎、久しぶりの大口だな」

とにたりと笑いかけた。

鶴吉が坂崎と笹塚を交互に眺めた。

「この男が三味芳の倅か」

と視線を巡らした笹塚が、

「親の仇を討ったそうだな。近頃、あっぱれな話じゃ。だがな、この話、表には出せぬ」

と言った。

「面倒をかけました」

と鶴吉が両手を笹塚の前に差し出した。

「鶴吉、一、二年、草鞋(わらじ)を履いてこい」

「わっしはそんな……」

磐音が鶴吉の手を取ると、

「鶴吉どの、南町の知恵者与力どのの忠告には従うものです」

「へっ、へえ」

「この次会う時は、三味芳六代目で会いとうござる、鶴吉どの」

黙って立っていた鶴吉がふいに腰を折って深々と頭を下げた。

「それでよい。そうだな、坂崎」

と勝ち鬨(どき)のような笹塚孫一の声が、がらんとした賭場に響いた。

第三章　行徳浜雨千鳥

一

坂崎磐音は六間湯から金兵衛長屋に戻ってくる道すがら、七五三の宮参りを何組か見かけた。

三歳の霜月十五日、男女共に頭髪を伸ばし始める儀式で、髪置という。また五歳の男の子は裃を着せて氏神詣でをするので袴着といい、女の子の七歳の祝い、帯解の祝いを合わせて七五三という。つまり髪置は袴着、帯解に合わせた儀式だった。

（もう霜月も半ばか）

と考えながら猿子橋まで戻ってくると、どてらの金兵衛が堀端に立ち、

「近頃はのんびりのようだね」

と言いかけた。

「宮戸川だけが仕事です。年の暮れまでにはなんとか纏まった仕事をしたいのですが」

と磐音は正直な気持ちを告げた。

「先ほど地蔵の親分が顔を出してさ、南町がお呼びだと言伝していきましたよ。また金にもならねえ御用に付き合わされるのかねえ」

と心配してくれた。

「天気もいいし、久しぶりに橋を渡ってみましょうか。帰りに、おこんさんが元気かどうか今津屋で様子を見てこよう」

「たまには親の顔を見に来いと伝えてくださいな」

「承知しました」

磐音は金兵衛に濡れ手拭いを預けて、その足で小名木川へと向かった。

永代橋の上から御城の横手に富士山がすっきりと見えた。

大勢が往来する橋を、伊勢暦を供に担がせた伊勢の御師の姿が見られた。霜月から師走にかけて伊勢暦を持っては、江戸の得意先を回って顔繋ぎする風景だ。

（中居様はどうしておられるか）

このところ連絡がない中居が国表で苦労している姿を思い浮かべた。

春先に豊後関前の物産を載せた一番船を江戸入りさせるとすると、年末年始は死ぬほどの忙しさだろう。とても文など書いてはいられぬと思いながら橋を渡り切った。

水上の船の往来を眺めながら、崩橋を渡り、

（そうだ、小網町で鎧ノ渡しに乗ろう）

と思いついた。

川の上から町を見るだけで気分が変わるのではないか、そんな思い付きだった。

御堀の一石橋と隅田川を繋ぐ水路は、江戸開府の折りから自然河川の平川の下流にあたり、水運の便をよくするために三十六間から六十間ほどに川幅を広げられた。その総延長は一石橋より大川合流部まで九百五十間、およそ半里の短い流れである。

だが、この短い両岸には北鞘町河岸、芝河岸、地引河岸、木更津河岸、伊勢町河岸などが発達して、日本諸国からいろいろな物産が一大消費地の江戸に陸揚げされた。そんな流通の中心地なのだ。とくに芝河岸、中河岸、地引河岸にかけて

の魚河岸は、

「一日千両」

の大商いが連日なされて活況を呈していた。

この水路に架かる橋は、上流部から一石橋、日本橋、江戸橋、湊橋であったが、湊橋と江戸橋の間は大きく開いていた。そこで真ん中辺に鎧ノ渡しがあって、小網町二丁目の鎧河岸から対岸の南茅場町両岸を結んで行き来していた。

折りよく向こう岸に向かう渡しが出ようとしていた。

相客は、小女を従えて買い物に出る大店の内儀、背に大風呂敷を背負った手代、御用の武家やらと雑多だった。

磐音は艫に座り、一文渡しの船上から江戸の町並みを見ながら、

(南町への呼び出しとは賭博船の報告であろうか)

と考えた。

あの夜以来、笹塚とは会っていない、むろん草鞋を履いた鶴吉とも別れていた。

渡し船が南茅場町河岸に着くと、町方同心が小者に挟箱を担がせて立っていた。

南町奉行所定廻り同心の木下一郎太だ。

「過日はご苦労にございました」

と一郎太が声をかけてきた。

「南町に呼び出しというので伺うところです」

「笹塚様がお待ちですよ」

「なにごとか出来（しゅったい）しましたか」

「いや、今のところ至って平穏です」

市中見廻りの途中に南茅場町の大番屋に立ち寄ったという一郎太が、

「私の推量では賭博船の一件のご褒美（ほうび）かと思いますね」

と笑いかけ、供を従えて市中巡回に戻った。

磐音は楓（もみじ）川を海賊橋で渡り、青物町（あおものちょう）から万町（よろずちょう）へと抜けた。通りの両側は糸物問屋、塗り物問屋、蠟燭（ろうそく）問屋など老舗（しにせ）が軒を連ねていた。

磐音はふと足を止めた。

鰹節塩干肴問屋の栖原屋（すはらや）平八（へいはち）の店先だ。

「これは見事な鰹節だなあ」

飴色（あめいろ）に光る切り口を晒した土佐節を見て嘆息する磐音に番頭が、

「お侍様は土佐の方にございますか」

と訊いてきた。

「いや、豊後の者だが、国許でも作られておるでつい目がいった」

保存食品としての鰹節は戦国時代、兵糧用として梅干とともに広まったといわれる。

だし用の鰹節は燻製法を考案された後、急速に一般の台所にまで広まったのだ。延宝二年（一六七四）、紀州の甚太郎が土佐の宇佐浦で製法したと伝えられる。これが伊豆の安良里浦、薩摩などを始め、日本各地に広まっていったのだ。

豊後関前で鰹節が作られるようになったのは、四国の土佐から製法が伝えられた元禄年間（一六八八〜一七〇四）のことだ。

「鰹節はなんといっても第一は土佐節にございますな。このように表面を覆う黴が淡くて、肌が紅色を帯びて、光沢があるものがいい。ほれ、このように二つを打ち合わせて冴えた音がするものなら極上の品物ですぞ」

番頭が打ち鳴らすと澄んだ音色が店先に響いた。

「お国でもこのような鰹節をお造りなさい。さすれば、うちの店先に並べましょうぞ」

番頭は自慢した。

「そのときはお頼みに参る」

された。


「お待ちしておりますぞ」

冷やかしと思われたようで、磐音は軽くあしらわれて店先を出された。

数寄屋橋を渡ったとき、九つ（正午）の時鐘が響いてきた。

いつものように門番から玄関番の見習い同心に訪いを告げると、玄関先で待たされた。

公事に詰めかけた人々の表情などを見ていると、式台から声がかかった。

「上がれ上がれ」

年番方与力の笹塚孫一が胸を張って立っていた。

五尺そこその身の丈に大頭が不格好に乗った姿だ、世辞にも風采がいいとは言えなかった。だが、この貧弱な外見を甘く見た江戸の悪党の何人もが獄門台に首を晒す羽目に陥っていた。

磐音は式台脇の内玄関から廊下に上がり、笹塚の後に従った。なんと、連れていかれたのは南町奉行牧野大隅守成賢の御用部屋だ。

「お奉行、この者が坂崎磐音にございます」

継裃姿で書き付けを読んでいたが、笹塚の声に振り向いた。

「おおっ、そなたが坂崎か、日頃南町に理解を示してくれてすまぬのう」

磐音は突然のことにただ低頭した。

「こたびも笹塚に力を貸してくれたそうな。町奉行所の内所も苦しい折り、助かる。礼を申すぞ。今後ともよしなに助力を願いたい」

牧野に頭を下げられた磐音は、再び平伏した。

いつもの笹塚の御用部屋に下がって磐音は、
ふーうっ
と一つ息をついた。

部屋には角樽（つのだる）やら菓子箱が山積みになっていた。

「突然のことで驚きました」

「そなたには今後とも世話をかけるでな、奉行に引き合わせておいた」

「しかし、いつも申しますが、それがし南町奉行所の密偵ではありませぬ」

「坂崎、そう堅いことを申すな。奉行所はな、諸々の者の協力があって初めて成り立つ役所だ」

と言った笹塚は、

「過日の賭博船、湯女船騒ぎじゃがのう、なかなかの実入りであった。親父の跡目を継いだ長太郎め、短い間に荒稼ぎをやったとみえて、家財没収をしたところ、洗いざらいで数千両に及んだ。これは致し方ない、幕府の勘定方に組み入れられた」

「となると笹塚様の懐には、いえ、南町の探索費用には一銭も入らないのでございますか」

磐音は訝しい気持ちで訊いた。なにしろ奉行の牧野に引き合わせた上に笹塚の機嫌がよいのだ。

「それでは大頭が出張(でば)った意味があるまい」

「まったくにございます」

「あの夜、賭博船で遊んでおった客どもじゃがな、さる譜代(ふだい)大名の御用人から大店の主(あるじ)、寛永寺の末社の坊主、魚河岸の隠居とお歴々ばかりでな、きついお灸(きゅう)を据えた」

「お灸を据えただけにございますか」

「あの者どもをお白洲に引き出し、伝馬町に送り込んで、どうなるというものでもあるまい。店が潰れ、腹を切る者が出たところで何の役にも立たぬわ。ここは一つ恩を売ってな、放免した」

「その方々がお礼に参られましたか」

「さよう、先ほどまでに、あの場におった客の大半が礼に来おった」

笹塚の視線が山積みされた菓子折りに向けられ、

「久しぶりの大漁であったな」

笹塚は文机（ふづくえ）に這い寄ると、用意していた袱紗（ふくさ）包みを手にしてきた。

「そなたがお膳立てした仕事で南町だけが懐を肥やしたとあっては、寝覚めも悪い。奉行と相談して二百両をそなたに褒賞（ほうしょう）として贈ることにした」

「あの夜のそれがしの目的は、鶴吉どのに助太刀して三味芳四代目の仇（あだ）を討つことにございました。長太郎と用心棒の丹下朱馬を打ち果たし、笹塚様のお目こぼしで鶴吉どのを旅に出させることもできました。それ以上、望むべきことはございません」

「そなたのことだ、そう申すと思ったわ」

と答えた笹塚が、

「金は使いようだぞ。そなたの父上が苦労なされておる豊後関前藩は貧乏藩だ。なんぞの足しにするもよし、鶴吉が江戸に戻ってきて、三味芳六代目を継ぐような仕儀に至れば、店を出す費用も要ろう」

「そこまでお考えにございますか」

磐音は笹塚孫一の心遣いに感謝すると、

「有難くいただきます」

と押しいただいた。

「今ひとつそなたに情報がある」

「なんでございますな」

「そなたは大老酒井忠勝様のご出身藩若狭小浜藩の藩医中川淳庵どのと知り合いであったな」

「はい、西国の旅にて知り合いになり、以後、昵懇のお付き合いをしていただいております」

過日、海晏寺の紅葉狩りに行ったばかりだ。

中川は杉田玄白、前野良沢らと『解体新書』なる南蛮の解剖学の翻訳書を上梓したところだった。

「われらの密偵の耳に入ったところによると、中川どのの朋輩、前野良沢どのが襲われて怪我をしたという」

磐音は緊張に身を引き締めた。

「血覚上人を頭にした裏本願寺別院奇徳寺一派にございますか」

ふーっと笹塚が吐息を吐いた。

「やはり知っておったか」

「日田往還で中川淳庵どのがこの一派の岸流不忍坊ら五人の破戒坊主に襲われたとき、それがしも一緒でした」

笹塚が頷き、

「どうやら前野どのもこの狂信者の一団に襲われたようだ」

「怪我の程度はいかがにございますか」

「門弟衆の治療を受けておって実情が知れぬ。だが、命に別状はなさそうだ。坂崎、友なれば、中川どのの身辺、気をつけてやれ」

と笹塚孫一が言い、南町が摑んだ血覚上人の一派のことをあれこれと話して、

「南蛮医学などを志す学問の徒をなぜ襲うのか、理由が未だ判然とせぬが、ひょっとしたら、その背後に頑迷な考えの人物が控えているやもしれぬ」

と話を締め括った。

笹塚も未だ血覚上人らの実態を把握しかねているようだ。

磐音は黙って頭を下げ、笹塚の気持ちに感謝した。

昌平橋近くの若狭小浜藩の門番は、磐音の顔を覚えていたとみえて、

「中川先生に面会ですか」

と先方から訊いてきた。頷くと磐音は、

「藩邸におられるかな」

と前野の一件があったから訊いた。

「しばらくお待ちを」

と門前で待たされた。

小浜藩の前の屋敷は丹波篠山藩六万石の上屋敷だ。その塀の一角から汚れた僧衣の二人が磐音の姿を眺めて、

「東角、えらい奴が現れおったぞ」

「あやつは長崎で岸流不忍坊様と南千、北面を殺した侍か」

「われらの恥辱の因よ」

「こたびばかりは奴を仕留めぬとな」

と言い合っている視界の先に、

「坂崎さん」

と名を呼びながら淳庵が門前まで迎えに出てきた。

「ご壮健の様子、ほっとしました」

「ははあっ、前野先生の危難をどこぞで聞かれましたな」

「南町で」

「さようでしたか」

「お怪我の具合は」

「幸い、屈強な藩士が同行しておりまして、軽い傷程度で済みました」

「それはよかった。血覚上人一派というのは確かですか」

「前野先生も同行の者も、裏本願寺別院奇徳寺血覚上人と名乗りを上げたのを覚えておられます。なにより薄汚れた僧衣に太い丸帯を締め、頭に丸笠(まるがさ)を被(かぶ)った一本足駄(あしだ)の異形(いぎょう)です。間違いようもございますまい」

「長崎の丸山以来にございますな。なぜここにおいて再び活動を開始したものにございましょうか」

「そこです」

　と答えた淳庵は、

「玄関先の立ち話もなんだ。今日は風もない、庭の東屋に行きますか」

　と磬音を藩邸の手入れが行き届いた庭に招じた。

二人が門前から屋敷へと消える様子を、裏本願寺別院奇徳寺一派の実戦組から
ただの見張りに降格された西丸と東角が眺めていた。

大老を出した酒井家の御庭はいつ見ても手入れが行き届いて気持ちよかった。
「先ほどの話ですが、玄白先生とも話し合いました。まもなく長崎の阿蘭陀屋敷
に新しい商館長と医師が到着されるご予定です。こたびの医師は最近になく出色
との評判です。われらは彼らの江戸参府の折りに『解体新書』をその医師に献呈
して、できれば最新の南蛮医学を講義してほしいと幕府に嘆願しました。推測に
しかすぎませんが、その直後から、われらの周りに怪しき影がちらつくようにな
りました」
「阿蘭陀商館長一行の江戸参府と関わりがあると言われるのですか」
「としか考えられないのです」

と答えた淳庵が、

「外出もできず、少々苛々が募っております」

と嘆いた。

「命には替えられませんよ」

「いつまでも屋敷に籠もっているわけにはいきません。先月の海晏寺の紅葉狩り

は楽しかったな」

　と淳庵が懐かしんだ。

「どこかへ出かけるご予定がおありですか」

「隠居なされた恩人の岩村籐右衛門様が近頃加減が悪いという知らせが届いています。藩の御用の合間を縫って、診に行きたいのです。できれば物々しくなるのは避けたい。どうしたものかと悩んでいるところです」

「どちらに隠棲しておられるのですか」

「成田街道の行徳という浜辺に隠居所を建てて住んでおられます」

「行徳となると、日帰りというわけにはいきませんね」

「できないことはないが、一泊泊まりで治療をしてさしあげたいと考えているのです」

「中川さん、それがしが同道いたします」

「えっ、坂崎さんが」

「迷惑ですか」

「なんの。また旅ができるかと思うと血覚上人一派のことなど忘れてしまいました」

と応じた淳庵が、

「坂崎さんは仕事を休めるのですか」

「夏場と違い、鰻もそう捕れないし、客も多くはありません。二、三日なら鉄五郎親方も許してくれると思います」

「ならば善は急げだ。上司と相談してきます」

曇っていた淳庵の顔が急に明るくなり、東屋を後にした。

二

今津屋の店先では、大名家か高家旗本の御用人らしき人物が駕籠に乗り込むのを、老分の由蔵と支配人の和七が見送っていた。その姿にはどこか安堵の様子が窺えた。

(金策の目処が立ったのだな)

磐音はそう思いながら、父親の正睦の苦労を思った。

金策の目鼻がついたとしても、それは当然借財として残るのだ。

(武家はどこも四苦八苦しているとみえる)

と去りゆく駕籠に視線を向けていると、

「おや、後見、近頃お見限りでしたな。もはや今津屋とはお付き合いいただけぬかと思うておりましたよ」

という由蔵の声がした。

「両替屋行司の今津屋を袖にする者などいるものですか」

由蔵と磐音は冗談を言い合った。

「坂崎様、ちょうどよかった。お茶でも飲もうと考えていたところです」

由蔵は今津屋の奉公人たちの動きを睨み回す帳場格子の席には戻らず、磐音を台所に連れていった。するとおこんがいて、

「北割下水の石積み仕事は終わったの」

と訊いてきた。

「無事終わりました。氷雨の中で腰まで浸かっての石積み、なかなか厳しゅうござった」

「坂崎さんが言うと、なんだか花見の報告を受けているようで長閑に聞こえるわ」

おこんがそう言いながらも由蔵と磐音にお茶を用意し、茶請けに薄皮饅頭を出

してくれた。

「おこんさん、これは美味しそうだ。ご馳走になります」

磐音はそう言うと飴色の薄皮饅頭を手に取った。

「ああ、そういえば、金兵衛どのが時には顔を見せてくれと言っておられましたよ」

「おや、どてらの金兵衛さんが珍しいことを。歳を取って気が弱くなったのかしらね」

自分の父親のことをこう表現したおこんだが、顔は険しかった。親一人子一人の父娘は、口とは裏腹に互いを温かく気遣っていた。

「父親はいつだって娘の顔を見たいものです」

「まあ、分かったふうな口を利くわね」

と言ったおこんが、

「今日はどこかへお出かけ」

と訊いた。

「あっ、そうだ。おこんさんの言葉で思い出した」

磐音は饅頭の皮のついた指先を行儀悪く嘗めると、懐にしっかりと仕舞い込んだ包みを取り出した。

「老分どの、この金子、預かってもらえませんか」

と由蔵の前に差し出した。

「藪から棒になんですな」

「南町のお奉行の沙汰とかで、笹塚様から褒賞として二百両を贈られたのです」

磐音が賭博船の捕り物の経緯を説明した。

「なんだ、坂崎さんが関わっていたの。読売がえらく派手に賭博船だ、湯女船だと書き立てていたわよ」

「金沢での借りを返したまでです」

磐音は鶴吉に始まる騒ぎの経緯を二人に話した。

「それにしても、奉行所なんてのは吝嗇なものだが、二百両の褒賞とはまたえらく気張ったものですな」

と由蔵が感心した。

「南町の懐にだいぶ口止め料が入ったとみえますな。おそらくその金子の十倍、いや、二十倍は稼がれたでしょうな」

「そういえば、笹塚様の御用部屋には角樽やら菓子折りが山積みされておりました」

「となると、そんなものではきかぬかな」

と首を捻り、

「先ほどご覧になったお駕籠の御仁、さる大名家の御留守居役どのですが、坂崎様が乗り込まれた賭博船の客の一人にございましたそうな。本来ならば腹の一つも切らねばならぬところですが、先祖の顔に免じてこの度はなんとか首が繋がりました。遣り手ですから、藩も御留守居役を罷免するわけにはいかない。そんなこんなで後始末代をうちに借りにこられたのです」

「とすると、この二百両は今津屋どののようなところから借り出された金子かもしれませぬな」

「出所はどこでも金子は金子、ご褒美はご褒美です。さて、この二百両どうなされますな」

由蔵は運用金に回すかと訊いていた。

「笹塚様は鶴吉どのが三味芳六代目を継ぐときがあれば、そのときの仕度金にしろと言われました。鶴吉どのが旅から江戸に戻ってこられるまでの数年、預かっていただければよいのです。長屋に大金は置いておけませんからね」

「呆れた」

と言ったのはおこんだ。

「坂崎さんにといただいたご褒美を他人の店開きの費えに残しておこうというの」

「差しあたって使い道もありませんからね」

「まあ、そのあたりが坂崎様のおおらかなところです」

と包みを開いて包金の数を確かめた由蔵が、

「まあ、お任せなさい。後ほど預かり証文はお渡しします」

と請け合った。

磐音はほっとして茶を喫し、もう一つ薄皮饅頭に手を出した。

「お腹（なか）が空いているの」

おこんが磐音の腹を心配した。

「そういえば、今日は藩邸に中川さんを訪ねていて、昼餉を食べるのを忘れていた」

おこんが勝手女中のおつねに、

「お昼のうどんが残っていたわね。汁を温め直してちょうだいな」

と声をかけた。

「淳庵先生はお元気でしたかな」

「元気は元気ですが……」

裏本願寺別院奇徳寺の血覚上人が頭分の武装坊主集団に前野良沢が襲われたことから、中川淳庵が外出もままならないことを話した。

「なんとまあ、そんな危難に」

由蔵があんぐりと口を開けた。

「それで坂崎さんは中川先生のお供で行徳に行くの」

「はい、あちらに隠棲なされた上役の方のお加減が悪いとかで、診療に行かれるのです」

「行徳なら小網町河岸から船で行かれます、楽な旅ですよ」

と由蔵が言う。

「で、いつですな」

「鉄五郎親方の許しが得られれば、明日にも仕事が済み次第、小浜藩の江戸藩邸まで迎えに参るつもりです」

「昼前の便船に乗れば、夕暮れ前には行徳に着きますよ」

「おこんさん、ほれ、うどんができたぞ」

おつねが椎茸、人参、油揚など具をたっぷりと入れたうどんの丼を運んできた。

「まずはお上がりなせえ」

「美味しそうだ、馳走になります」

とおつねに礼を言うと合掌した。

丼を抱えた磐音に、

「こうなれば坂崎様の魂は、どこぞ虚空に浮遊して下界にはおられぬからな」

と二百両の包みを持って店に戻っていった。

台所ではただ磐音が啜るうどんの音が一頻り続いた。


磐音は、おこんと一緒に両国橋を渡った。

おこんは父親の金兵衛の言伝を聞いて、心配になったらしい。ちょっとだけでも顔を見てこようと主の吉右衛門の許しを得て、六間堀に戻ることになったのだ。

おこんが綿入れの袖なしを縫ったとかで、その風呂敷包みを磐音が提げていた。

おこんはおこんで夕餉の菜を深鉢に入れて腕に抱えていた。

穏やかな日和で、大川の川面を往来する船もどこかのんびりしていた。

「おこんさん、今津屋どのは落ち着かれたか」

吉右衛門はお艶の喪に服するといって、奥の座敷で一日を過ごしていた。店の商いの報告も、由蔵や支配人たちを奥に呼んで受けていた。

その吉右衛門が外出をするのは両替屋行司としての仕事のときだけだ。これかりは江戸六百軒の両替商の筆頭として、幕府の勘定所や町奉行所との談合などがあり、仕方ないところだった。

「旦那様はお内儀様を亡くして、改めてお艶を失った大きさを知った、としばしば洩らしておられるわ」

「それだけお互いを信頼しておられたのであろう」

「旦那様はお内儀様の喪に服しながら、今津屋の今後の商いや両替商の仕組みを考え直されているような気がするの。店の帳簿とは別に、いつも書き物をして思案されているもの」

「さすが今津屋どのだな」

「残る問題は一つよ」

「跡継ぎですね」

二人は橋から両国東広小路の人込みに足を踏み入れた。

「お二人さん、久しぶりですな」

と声がして磐音とおこんが振り向くと、楊弓場「金的銀的」の主の朝次が酉の市の帰りか、大きな熊手を肩に担いで立っていた。

「親方、両国じゅうの小判を掻き集めようという算段ね」

「おこんさん、ここんとこ景気が悪いや。験直しに葛西花又村の鷲大明神にお参りして、景気をつけてもらったのさ。今津屋さんの鼻息を分けてくんな」

「風は西から東に吹いてるわ。店に戻ると金的銀的も千客万来よ」

「おこんさんの言葉に勇気が出てきたぜ。早速戻って商売商売」

と朝次が熊手と一緒に雑踏に姿を消した。

二人は金兵衛長屋に戻る前に六間堀の北之橋詰の宮戸川に立ち寄った。

店先に香ばしい匂いが立ち込めていた。

「おや、こんな刻限におこんさんと一緒とは珍しいな。なにか用事かね」

ねじり鉢巻の鉄五郎親方が炭火の前から声をかけてきた。

「金兵衛さんのご尊顔を拝しに来たの。用は坂崎さんよ」

「ははあっ、まただれぞに御用を頼まれなすったな。今度はどちらだね」

「鉄五郎親方に先回りされると言いにくうござる」

「ならば言わずに帰るかね」

「そうもいかぬのです。明日から二、三日、仕事を休みたいのでござる。いや、明朝の仕事はいたします」

「どこまで行きなさるね」

「成田街道の行徳浜よ。若狭小浜藩のお医師の供で行かれるの」

「ならついでだ、成田様にもお参りしてきなさせえ」

おこんが代わりに返事して鉄五郎が答えた。

「親方、病人の診察に行くお医師の供です、物見遊山ではありませぬ」

磐音が生真面目に応じて、

「親方、かような次第です。いつも無理を申して相すまぬが、休ませてもらえませぬか」

と頼んだ。

「この季節、鰻も暇だ。行ってきなさせえ」

とあっさり許してくれた。その上、

「おこんさん、精をつけるにはなんといっても鰻の肝焼きだ。金兵衛さんに持っていってくんな」

親方が竹皮に手際よく鰻の蒲焼と肝焼きを包んでくれた。

「商売ものを悪いわ」

「なんの大したことはないよ」

と受け流した鉄五郎が、

「坂崎さん、こっちは心配ない。明日の朝も、慌ただしく仕事に出ることもねえや。のんびり休んでしっかりと御用を務めてきなせえよ」

と言い、磐音とおこんは、宮戸川の香ばしい包みを抱えて堀端に出た。

昼下がりの金兵衛長屋では、井戸端でおたねたちがああでもないこうでもないと世間話に興じていた。

「皆さん、こんにちは」

おこんが木戸口から声をかけると、

「おや、おこんちゃん、親の顔を見に帰ってきたのかい」

とおたねが問い返してきた。

「たまには親孝行もしないとね」

とおこんが長屋の女房たちに返事をして、自分の家の玄関口から、

「金兵衛さん」

と叫んだ。

「なんでえ、親に向かって」

と言いながらどてらの金兵衛が姿を見せ、

「藪入りでもねえのになんで帰ってきやがった」

とわざと乱暴な言葉遣いで怒鳴った。が、それは照れ隠し、相好が崩れていた。

「宮戸川に寄ったら、鉄五郎親方がさ、精がつくようにって鰻の蒲焼と肝焼きをくれたの」

「そいつはいいいな」

と言った金兵衛は磐音に、

「ちょいと上がりませんか。たまには私も酒を啜ってみたくなった」

と磐音までも招じ上げられた。

「坂崎さんは明日から行徳浜よ」

「おや、なんだえ」

中川淳庵の護衛役で旅することになった経緯を磐音は話した。

その間におこんが実に手際よく酒の仕度をして、宮戸川の鰻の蒲焼と肝焼きを大皿に盛り付け、今津屋の夕餉のおかずのなまり節と野菜の煮付けを鉢に盛って出した。その上、お燗した酒の徳利まで運んできた。

「大家どのと酒を飲むのは初めてのことです」

「大家はさ、あまり店子と親しくしすぎても、口を利かないようでもいけない。この仕事を始めてから、店子と酒を飲むのはご法度と自分に言い聞かせてきたんだがねえ、近頃はそう頑なにならなくてもいいかと思うようになった。歳かねえ」

と言った金兵衛が磐音の猪口を満たしてくれた。

金兵衛が差配しているのは磐音が住む長屋のほかに三軒あった。二十数組の所帯が住んでいればなにかと問題が起こる。地主、家作持ちに代わってうまく店賃を徴収し、問題のないように務めるのが大家の仕事だ。といって地主の代弁ばかりでは、店子が承知しない。地主と店子の双方の顔が立つように、大家が悪役も務めねばならない。大家とは神経を遣う仕事なのだ。

金兵衛はそんな稼業を何十年と務めてきたのだ。

「お父っつぁん、そろそろ隠居したら」

台所で糠漬けの茄子を切りながら、おこんが父親に言った。

「なにを言いやがる。娘がまだ嫁にも行かねえのに隠居なんぞできるものか」

「へえっ、私が所帯を持ったら、仕事をやめるの」

「死んだおまえのおっ母さんが孫の面倒を見るのが楽しみだと言い暮らしていたからな、その代わりをおれが務めてもいいかと、考えることもある」

「坂崎さん、お父っつぁんは病気だわ。淳庵先生に診てもらわなきゃあ」

「病とは思えぬがなあ」

「こんなことを言うお父っつぁんではなかったのよ。それだけでもおかしいわ」

とおこんが笑った。が、おこんの肩は笑ってはいなかった。

「大家どの、それがしの酌では物足りなかろうが」

磐音が金兵衛の猪口を満たした。

「酒はなんといっても男同士だ」

強がりを言って猪口に口をつけた金兵衛の顔は、もう真っ赤になっていた。

「坂崎さんのお父上は、酒は嗜(たしな)まれるか」

「はい。少しは飲みますが、ただ今は酒どころではありますまい」

「ほう、それはどうしたわけで」

「藩の財政を立て直す最中にございます。藩主実高様も一汁一菜に麦飯、酒が付くのは正月だけだそうです」

「なにっ、殿様も満足に酒が飲めないのかえ」

「なにしろ関前藩には藩実収のおよそ五年分の借財がございます」

「おやおや」

「父上も酒どころか、休みさえ取れぬ日々にございましょう」

「倅どののほうがまだ気楽のようだ」

「まったくです。来春からの物産事業がうまく軌道に乗りさえすれば、殿様も父上も酒を楽しむ機会もございましょう。ですがしばらくは倹約倹約の日々でしょう」

「おこん、おれは、裏長屋の差配でよかったよ」

　金兵衛がしみじみ言った。

「今津屋様に奉公していると、お武家様の厳しい内情がよく分かるわ。立派なお駕籠で乗りつけられても、借金の申し込みか返済延期の言い訳よ」

「そんなものかえ」

　と嘆息した金兵衛が、

「坂崎さん、ならばいっそ人斬り包丁をすっぱり捨てて町人になりなされ。そのほうがなんぼか気楽だ」

「それもひとつの生き方にございますね」

そう答えながらも磐音は、関前藩の借財を返済せぬうちは武士の魂たる刀は捨てるに捨てられまい、と胸のうちで考えていた。

なぜならば藩財政再建の夢を共に描いてきた河出慎之輔、小林琴平、舞をはじめ多くの藩士や領民が、それに反対する守旧派の手で倒され、今も苦しんでいるからだ。

吉原に身を落とした許婚の奈緒もそうだった。

おこんが漬物を運んできて、二人の男の間に座り、

「とは言いながら、坂崎さんは刀を捨てられないのよね」

と言ったものだ。

その夜、磐音は金兵衛の家で夕餉を馳走になり、今津屋に戻るおこんを両国橋の向こう岸まで送っていった。

別れ際、おこんが言った。

「道中気をつけてね」

「承知つかまつった」

両国西広小路へと歩き出したおこんがふいに振り向いた。

「居眠り磐音さん、もし刀を捨てて町人になるというのなら、おこんが嫁に行ってあげるわ」

おこんの顔に硬い笑みが浮かび、それが泣き顔のように崩れる。前方に顔を向け直すと、広小路を小走りに今津屋へと駆けていった。

磐音はおこんの背を呆然(ぼうぜん)と見つめていた。

三

成田参りの季節、行徳船場(ふなば)行きの定期船は、鎧ノ渡しのある小網町河岸から日に六十隻も出ていた。

だが、霜月も残り少なくなった時期だ、成田参りする人もさほどいない。成田街道を旅する人の足として利用されているくらいで便船の数は少なかった。

旅仕度の中川淳庵と坂崎磐音、それに薬箱持ちの老小者栄吉(えいきち)の三人は、昼前に出る行徳船に乗船することができた。

乗合客は、八人だ。

若党を連れた壮年の武家は、下総佐倉(しもうささくら)藩の家臣で国許に帰る道中だという。あとは成田詣でに親方の代参で行くという大工の四人連れに、船橋宿に戻る夫婦、それに磬音たちを加えて十一人の船客を乗せた行徳船は、小網町河岸をゆっくりと離れた。

初老の船頭が棹を櫓に替えて大川へと漕ぎ出した。

便船が少ないせいか、舳先にも若い船頭が乗っていた。

旅日和だ。

無風の江戸を行徳船は大川へ向かう。

舳先の船頭が船唄を歌いながら時折り棹をさす。

磬音たちの乗った行徳船を、この辺りでは珍しい苫船(とまぶね)の中から異形の姿が見つめていた。だが、直ぐに動く気配はない。行徳船の行き先がはっきりしているからだ。

行徳船は大川を横断して小名木川に入り、中川を渡り、さらに新川に入って行徳河岸に到着する、水行三里八丁（およそ十三キロ）の舟運である。

隅田川、江戸川、中川の間を網の目のように結んだ運河が可能にした定期船で、成田参りの年寄りに喜ばれた。なんといってもお江戸のまん真ん中から船に乗り、国境の下総国葛飾(かつしか)郡まで船で行けるのだ。

この行徳船の往来が成田詣でを盛んにした理由の一つでもあった。

「坂崎さん、この分だとなにも起きそうにありませんね」

長閑な船旅に淳庵の口からついそんな言葉が洩れた。

「いえ、良沢先生が襲われたのは事実です。血覚上人の一派が暗躍していることは町奉行所でも把握していることですから油断はできません」

磐音は気を引き締めた。

だが、船中では成田詣での大工衆が酒盛りを始めていた。

淳庵が船旅にのんびりするのは致し方のないことだ。

いつもは見慣れた小名木川の光景も、行徳船の上から眺めると新鮮に映る。まして横川と交わる新高橋を潜ると、その先は大名家の下屋敷や八右衛門新田などが連なり、急に鄙(ひな)びてくる。

枯れ草が生えた小名木川の土手では子供がわらべ唄を歌い、行き交う百姓舟もどこか長閑で磐音も居眠りしたくなる。

酒盛りの大工衆などは酔いが回って歌い始めた。

「頭よ、船の酒はほどほどがいいぞ」

艫の老船頭が大工衆に注意した。

「なに言ってやんでえ。この程度の酒に酔うお兄さんじゃねえや」

一人が船頭に叫んだ。

「それによ、なんぞあればお医師も乗り合わせていらあな。ねえ、先生、介抱してくれますよね」

と淳庵の坊主頭を見て頼んだ。

「それがし、酒酔いは専門ではない。腑分けが専門でな。それでよければ診て進ぜよう」

「酒に酔って腹を断ち割られてたまるものか」

大工は淳庵の冗談に叫び返した。

「ほれ、お医師にもからかわれたぞ」

「くそっ！」

「おりゃあ、おめえさんの気分なんぞ心配してねえよ。小名木川の先には中川の船番所があるぞ。生酔いの口をおさえる船番所ってな、酔い喰らってると船番所のお役人によ、その先、通してもらえねえぞ」

「それを先に言え」

職人たちが慌てて酒盛りをやめた。

「行徳に隠棲された岩村様はおいくつになられますな」

　磐音の問いに淳庵が、

「長らく御側御用人を務められた岩村籐右衛門様は、七十四歳になられました。これまでいたってお健やかに過ごされてきたのですが、ここにきて痛風が出たとか、文によると、日によって激しい痛みがあるそうです」

「それはいけませんね」

「岩村家とわが家は代々親戚付き合いをしていましてね、私が蘭学を志して長崎に遊学するときも、ご子息の萬之丞様が藩内に根回ししてくれたのです」

　そんな話をしているうちに行徳船は、旗本寄合席が中川御番衆を務める中川船番所に差しかかった。

　この船番所の主たる目的は、江戸と房総方面を往来する船と荷の監視である。だが、今や形式に堕していた。

　行徳船の船頭が櫓を緩め、腰を屈めると、

「行徳船にございます、通ります」

　と挨拶した。船番所から役人がこちらを見ていたが、なにも言うふうはない。そのまま通過した。

「なんでえ、どうってことねえじゃねえか」

と、しばらくは静かだった大工衆が酒盛りを再開した。

あたりはさらに一層水辺が織りなす牧歌的な水郷へと変わった。

淳庵も磐音も次々に展開される水上の風景を飽きることなく見ているうちに、

「行徳の船場じゃぞ！」

という船頭の声がした。

水行三里八丁、夕暮れ前には到着した。

船着場からは、江戸行きの戻り船が出ようとしていた。さすがに船場は、成田詣での拠点らしく、伝馬宿、駕籠屋、茶店、旅籠、草鞋や笠を売る店となかなかの町並みである。

磐音たちは行徳船を降りると、高札場（こうさつば）で土地の老人に行徳の浜を訊ねた。すると成田街道を道なりに進めば浜に出ると教えてくれた。

船場からの道が成田街道とぶつかり、街道の両脇には茶屋、旅籠が櫛比（しっぴ）していた。

「おおっ、これが行徳名物の笹屋のうどんですな」

と淳庵がうどん屋の店先を指した。

そのとき、磐音は体に、
ちくり
と監視の目を意識した。

旅に出て初めてのことだ。それが磐音に己の任務を思い出させた。

「まずは岩村様にお目にかかりましょうか」

淳庵も初めて訪ねる岩村家の隠居所という。寝泊まりできるようであればよいが、無理なら船場に戻り、旅籠を探そうと話を決めて、三人は成田街道を進んだ。

船場の集落が途切れるとふいに、松林の間を行く土手道に変わった。

右手の松林の奥では何条もの煙が上がっていた。

松林が切れて、塩浜が広がった。

「行徳は昔から塩を産する浜でしてね、あのように塩浜に海水を引き入れて天日で海水を蒸発させるのです。その濃くなった塩水を平釜(ひらがま)で煮詰めて塩にする、その煙ですよ」

淳庵の説明に磐音が塩浜に目を凝らせば、三角の小山があちこちに見られた。

「先ほどわれらが通ってきた小名木川の開削も、元々は、行徳の塩を江戸に運ぶために始められたものです」

「中川さんは物知りだ」

「なあに、だれかの受け売りです」

 数丁ほど進むと塩浜から漁村へと風景が変わった。成田街道のかたわらの浜辺では、今しも漁から戻ってきたらしい漁り船を女、子供が賑やかに待ちうけていた。

西に傾き始めた海の上を無数の鳥が飛んでいる。

千鳥だ。

「先生、ここいらあたりで岩村様の隠居所を訊いて参ります」

薬箱を担いだ栄吉が漁り船に走っていった。すると女たちが小さな岬辺りを指してなにか言っていた。

「ははあ、あの家が籐右衛門様の隠居所だな」

淳庵が見据える家は、あたりの漁師の家と造りが異なり、枝折戸が浜に向かって設けられ、鄙びた中にも江戸の大工の普請が窺えた。

「栄吉、あれか」

「へえっ」

磐音たちのところに戻りかけた栄吉が返事をすると、その足で隠居所に主の到着を告げに行った。

淳庵と磐音は浜辺伝いに岩村別邸へと最後の行程を辿った。すると杖に縋った老人が枝折戸から姿を見せて、

「玄鱗！」

と淳庵の本名を呼んだ。

「籐右衛門様、お元気そうにございますな」

「このところ穏やかな天気のせいで痛みも出ぬわ。そなたにわざわざ江戸から足労させて相すまぬな」

と小柄な老人が矍鑠とした言葉つきで謝った。

「なんの、医者要らずが一番にございますよ」

と笑みの顔で返事した淳庵が、

「籐右衛門様、それがしの友を行徳まで誘いました。ただ今はわけあって浪々の身ですが、お父上は豊後関前藩の国家老を務めておられます」

「福坂実高様のご家臣筋か」

さすがに小浜藩の御側御用人を務めた頭、実高の名前を記憶していた。

「坂崎磐音にございます」

頭を下げる磐音に、

「今宵(こよい)は久しぶりに賑やかな夕餉が楽しめそうじゃな」

と籐右衛門が破顔した。

その籐右衛門は下男を呼びつけて、浜に行き、獲(と)れ立ての魚を都合して参れと命じた。

「籐右衛門様、まずはお体を診させてください」

淳庵も磐音も隠居所の佇まいを見、籐右衛門の喜ぶ顔に接したら、宿泊は当然この隠居所だと判断せざるをえない。小さいながら母屋と離れ、奉公人たちの住まいと三棟あった。

「そうか、到着早々にすまぬな」

「それが務めにございます」

と応じた淳庵が磐音の顔を見た。

「それがし、夕暮れの浜を散策しとうございます」

淳庵が頷き、磐音はその足で岩村邸の前の浜に戻った。

診察の邪魔をしたくないということもあったが、隠居所の周辺の地理を知っておきたいと思ったからだ。血覚上人の一派に襲われたときの準備である。

行徳の浜に沿って東側に、隠居所のある岬が弧状に伸びていた。隠居所の先にはもはや漁師家はない。松林が広がるばかりだ。

磐音は少し先ほどの浜に戻った。すると網元の家か、あたりでも一際大きな屋敷の庭に櫓や竹籠（たけかご）を担いだ漁師たちが入っていくのが見えた。そして、岩村家の下男の姿が見えた。この家に魚を買いに来たと見える。

磐音は網元の屋敷に沿って裏手へと回った。

隠居所の裏手も松林で人家はない。

風光明媚（めいび）な浜に建つ隠居所は、襲撃者に襲われたとき、まったく無防備であった。

磐音は岬の突端へと歩いていった。

松林越しに見る夕暮れの海に千鳥が盛んに飛んでいた。江戸の内海の向こうにかすむ三角の影は富士山であろうか。

磐音は浜に出ると暮れなずむ霜月の海の変化を独り堪能した。

隠居所に戻るとすでに診察は終わっていた。

「おおっ、戻ってこられたか」

淳庵と談笑していた籐右衛門が磐音の顔を見ると、

「そうじゃ、玄鱗と二人して湯に入ってこられよ。隠居所だが、湯殿だけは大きく造った」

と旅の垢を落とせと勧めてくれた。

「そういたしますか」

淳庵が磐音に言った。

病気治療に来た淳庵だが、なにしろ当人の籐右衛門が元気なのである。

張り合いが抜けた感じで、二人はまずこの隠居所自慢の湯殿に向かった。

「おおっ、これは」

檜で造られた湯船の格子戸を開けると、黄昏の行徳浜が見えた。

「これは贅沢ですね」

磐音は湯に浸かりながら、同じ大名とはいえ譜代大名で大老を務めた若狭小浜藩の、御側御用人の隠居所は違うものだと感心した。

外様六万石の関前藩は藩実収のおよそ五年分の借財を抱え、とても隠居所など望める家臣はいなかった。

「岩村様のお加減はいかがですか」

「痛風はさほどのこともありますまい。ただ動悸や息切れがして、胸痛を感じることがあるらしい。心の臓が肥大した結果ではないかと心配しております」

「治療の方法はあるのですか」

「正直言って、ただ今の医学ではなんとも手の打ちようがない。できるだけ過激な運動を避ける、塩気を多くとらないというくらいの忠告しかできません。籐右衛門様がもはや激しい動きをなさるとも思えぬ。歳相応のお体ですかな」

というのが淳庵の診立てであった。

二人が湯から上がると座敷にはすでに酒席が用意されていた。

「どうだ、玄鱗、なかなかのものであろうが」

籐右衛門が湯殿の自慢をすると、ぽんぽんと手を叩いた。

すると、刀自が銚子と酒器を運んできた。

「玄鱗どの、歳を取ると益々性急になりますが、なんぞよい薬はございませぬか」

「それぱかりは医者にも処方のしようがございませぬ」

と応じた淳庵が磬音に、

「奥方のお萬様です」

と紹介してくれた。

「坂崎磐音と申します。中川どののお誘いに遠慮もなく付き従いました」

「なんの、ここは私ども夫婦に、下男と通いの女中が三人。静かな暮らしと言えば言えますが、時に寂しくなることがございます。今宵は賑やかで嬉しゅうございます」

白髪の刀自がそう言って微笑んだ。

「ささっ、冷めぬうちに酒を」

お蔦に酌をされた磐音と淳庵は、

「馳走になります」

と人肌の酒を口に含んだ。

「これは甘露にございます」

「であろう。倅が下り酒を時折り届けてくれるが、もはやわしだけでは飲みきれぬ」

淳庵の嘆息に籐右衛門が答え、

「坂崎どのは鰻割きという変わった仕事をなされているそうじゃな」

と言い出した。診察の合間に淳庵が磐音のことをあれこれ話したようだ。

「はい。身過ぎ世過ぎにそのような仕事をしております」

「今、江戸では鰻が流行（はや）りか」

「はい、蒲焼と申して、背開きにした鰻を蒸し、秘伝のたれにつけて炭火でこんがりと焼き上げます。これがなかなかの美味にございます」

「鰻など下賤（げせん）の食べ物と思うていたが、調理次第でそのような珍味になるか」

下男が魚介の盛られた大皿を運んできた。

「夕方の漁で魴鮄（ほうぼう）が上がったそうでな、お造りにしても塩焼きにしても美味しゅうございます。後で鍋（なべ）にいたしますよ」

とお萬が江戸から来た二人に勧めてくれた。

「これは美味だ」

魴鮄を口にした淳庵が嘆息した。

その夜、岩村の隠居所では遅くまで江戸の話などをして時を過ごした。

淳庵と磐音は、離れ座敷に床を並べて寝た。

磐音は、血覚上人一派のことを考えて、酒はほどほどにしていた。

「岩村様は思ったよりも元気そうですね。なにより中川さんに会えて喜んでおられる」

「それだけでも行徳に来た甲斐があったというものです。坂崎さんには迷惑だったがな」

「なんの、こうしてまた旅ができただけでも嬉しいことです」

「それは私が言う台詞です」

淳庵の寝息が聞こえてきた。

磐音は寝床の中で波の音を快く聞いていた。

夜半になって雨が波の音に交じったようだ。

監視される目を意識しながらも眠りに落ちた。

四

未明の、雨がそぼ降る中、行徳河岸に屋形船が着いた。すると近くの船着場の東端に止められていた苫船から異形の僧侶たちが現れ、独りだけ緋(ひ)の僧衣をまとった僧が屋形船に乗り込んだ。

「お屋形様、ご苦労に存じます」

平伏する僧侶に、大きな脇息(きょうそく)に身を預けた老人が、

「血覚、南蛮狂いを捕らえたというは確かか」

と気怠そうに言った。かたわらに、女官風に装った年増の女が控えていた。

「はい、この先の隠居所に宿泊しております」

両の頬が顎にかぶさるほどに垂れた老人の目は細かった。扇子を片手で閉じたり開いたりしながら訊いた。

「隠居所とはだれのものか」

「若狭小浜藩の元年寄、岩村籐右衛門と申す老夫婦の隠居所にございます」

「酒井殿の元家臣とな。江戸に知られることがあってはならぬ。夫婦ともども始末せよ」

「はっ」

「血覚、そなたに大枚をはたいて腕の立つ僧侶集団を組織させたは、日本の純血を保つためじゃぞ。この国を異人の血や考えに汚されてはならぬ。長崎にて失敗り、先の良沢襲撃も未遂に終わった。三度のしくじりは許さぬ」

「こたびのこと、万全の準備を整えてございます。お屋形様が行徳浜に清遊なされる間に、吉報をお届けいたします」

「その言葉、違えるでない」

血覚上人は平伏すると後退りで戸口まで引き、屋形船の外に出た。

血覚上人を下ろした屋形船は行徳の船場を離れて、新川の上流に向かった。

苫船の前で六人の僧侶と二人の剣客が血覚上人を囲んだ。

「坂崎と申す用心棒、どうしておる」

「寝床にて目を覚ましている気配にございます」

長崎での生き残りの一人東角が告げた。

「淳庵らは今日にも江戸に戻る様子か」

「いえ、夜半に主の籐右衛門の持病が再発した様子にございますれば、まず一日二日は行徳に滞在することになろうかと思われます」

「ならば、見張りの者に告げよ。油断あらばいつなりとも隠居所に踏み込むとな」

「はっ」

東角と仲間の二人が行徳浜に向かって走り、残った血覚上人一行は、苫船の中に戻った。

夜明け前、波と雨の音に殺気が交じった。

磐音は寝床の中で目を開けて待っていた。だが、襲撃者たちが行動を起こす気配はなかった。そして、それは雨が上がった直後に消えた。

磐音は寝巻き姿の手に備前包平を提げて浜に出た。

浜には靄がかかっていた。

それでも海上には漁り船の影があった。

磐音は寝巻きの腰に包平を差し落とし、足場を決めた。

濡れた砂に草履が食い込む。だが、深く沈む様子はない。

腰を少し沈め気味に構えて、虚空に向かって二尺七寸の大包平を抜いた。鞘の中で刃が音もなく疾り、一条の光となって行徳の浜に弧を描いた。

動きはゆるやかに見えるが、光は迅速に伸びて虚空を断った。

車輪に回された剣が手元に引き付けられ、正面の仮想の敵を拝み打ちに襲い、左右に斬り分けられ、さらに峰に左手が添えられて、後方に突き出された。

岩場を下る水の迸りのような抜き打ちから舞の如き連続斬りは、湿った大気の中に幾十回となく繰り返された。

浜伝いに網元の家に行く女衆が、呆れ顔に磐音の朝稽古を見ていた。

磐音の稽古はおよそ一刻（二時間）ほど続けられ、動きを止めた。

すでに行徳の浜に朝が来ていたが、今日は厚い雲が空を覆っていた。そして今にも天から雨が再び落ちてきそうな気配だった。

磐音は枝折戸から隠居所に戻り、その足で湯殿に向かい、水風呂を浴びてさっぱりした。隠居所の台所では朝餉の仕度が始まっていたが、屋敷にどこか重い気が漂っているように感じられた。

磐音は淳庵と二人に与えられた座敷に戻って、そのわけを知った。

「籐右衛門様に痛風が出ました、ひと晩じゅう我慢されたそうな。おそらくこの雨も関わりがあると思えます」

「なんとのう」

「江戸から持参した痛み止めを先ほど服用していただき、だいぶ楽になったようで眠りに就かれました」

「それは知りませんでした」

「坂崎さん、やはりもう一日二日行徳に滞在してよろしいか」

「そのことならばご懸念なく」

宮戸川の鉄五郎親方からも今は忙しくないからと許しを得ていた。

「退屈かもしれませんが、辛抱してください」

朝餉を食べ終えた刻限から再び雨が降り出した。どうやら一日降り続く気配で、海上にいた漁り船の影も消えていた。

四つ（午前十時）頃、籐右衛門が目を覚ました。再び淳庵が診察して、滞在を延ばしたことを告げると安心して、朝餉を摂り、再び横になった。

磐音は障子を開け放った隠居所の座敷から、雨の海に高く低く飛ぶ千鳥を見て過ごした。

籐右衛門の寝所から淳庵が戻ってきて、

「どうです、退屈しのぎに将棋を指しませんか」

と気を遣ってくれた。

「退屈などしておりません。海を見ているだけで何日も過ごせそうだ」

と言いながらも淳庵と将棋を指した。

二人ともへぼ将棋の部類で腕もそこそこだ。

昼餉のうどんを食しながら、延々と三戦を戦い、磐音は一勝二敗に終わった。

「行徳の敵を江戸にて討つとしますか」

磐音が言って浜を見ると雨がやんでいた。

「ちと母屋の籐右衛門様の様子を見てこよう」

という淳庵とわかれて磐音は庭に出た。すると江戸から一緒に来た栄吉が、

「坂崎様、釣りをなさいませんか」

と誘ってくれた。すでに釣り竿を二本用意していた。

「将棋の後は釣りの真似事か。まるで物見遊山に来たようだ」

着流しの腰に包平を差し落として、夕暮れ前の浜に出た。栄吉もそこを釣り場と考えていたようだ。岬のほうに少し歩けば、岩場が海に突き出ていた。

二人は岩場から釣り糸を垂れた。

「栄吉どの、われらの腕でなにが釣れますかな」

「せいぜい雑魚にございましょうな」

栄吉も自信があってのことではなさそうだ。

二人して押し寄せる波を見ながら釣り糸を垂れた。

「忙しさに紛れて、かような時を過ごすことなど久しくなかった。お蔭で命の洗濯ができたようだ」

「それはようございました」

老小者とあれこれ世間話をしながら、つい夢中になって海と遊んだ。

「あれ、雨が」

栄吉の声に気付くと行徳浜にはいつもよりも早い夕暮れが迫り、暗い空から雨が落ちてきた。

「引き上げようか」

結局二人して一匹の成果もなかった。

磐音は針を上げて釣り糸を竿に巻き付けた。

そのとき、隠居所に視線を巡らし、異変に気付いた。

殺気が隠居所を包もうとしていた。

「しまった！」

つい釣りに夢中になって任務を忘れていた。まだ日があるということも磐音を油断させていた。

「なにか」

と言いかける栄吉に、

「そなたはここにおられよ」

磐音は岩場から浜に飛び降りると隠居所に向かって走った。

隠居所から女の悲鳴が響き、

「何者じゃ」

と誰何(すいか)する籐右衛門の声が聞こえた。

磐音は枝折戸を肩で打ち破るように開けると、庭から母屋の寝間へと飛び込んだ。障子が開け放たれた座敷では、籐右衛門の寝床を異形の僧たちが半円に囲んでいた。

半身を起こした籐右衛門を守るように、淳庵が腰の脇差に手をかけて片膝(かたひざ)をついて構えていた。

磐音は手にしていた釣り竿で僧侶の一人の鬢(びん)を叩くとよろけさせ、僧侶の間を駆け抜けて、淳庵のかたわらに立った。

「ご病人の寝間に押し入るとは許せぬ」

「出おったか」

と叫び返した僧侶を見た磐音は、

「おや、長崎で会(お)うた御仁ではありませぬか」

と問うた。

その声は、いつもの長閑な磐音の声に戻っていた。

「長崎にては岸流不忍坊様、北面、南千の朋輩を失った。あの夜の仇、今宵討っ!」

ともう一人の生き残りの西丸が叫んだ。

「長崎の二の舞になりますぞ」

「坂崎磐音とやら、今宵がそなたの最期じゃぞ！」

庭から声が挙がった。

磐音が振り向くと、緋の僧衣を着た僧侶が剣客二人を従えて立っていた。

「そなたが血覚上人ですか」

「いかにも、裏本願寺別院奇徳寺血覚上人かな」

「なんの謂れか知りませぬが、学問に邁進なされる前野良沢どのや中川淳庵どのに危害を加えんとする狼藉の数々見逃し難し、許せませぬ」

「ぬかせ！」

「まして、こちらは、余生を静かに送られる岩村籐右衛門様の隠居所。なんの関わりもございますまい」

「南蛮狂いの医師と関わったことをあの世に行って後悔せえ」

血覚上人が手にしていた鉄の錫杖をじゃらりと地面に叩きつけた。すると浜から栄吉の声が響いた。

「浜の衆、火付けですぞ！　狼藉者が岩村様の隠居所に火を放ちましたぞ！」

と助けを呼ぶ声がした。

「中川さん、岩村様をお頼みしますぞ」

そう言った磐音は腰の包平を抜くと、寝床を半円に囲んだ東角たちを庭へと押し戻した。するとと隠居所の二か所から火の手が上がるのが見えた。

磐音は真っ直ぐに、血覚上人に包平の大帽子を向けた。すると血覚上人の左右を固めていた剣客が磐音の前に進み出て、一人が剣を抜いた。

「円明流西方武助、そなたの命、貰い受けた」

未だ剣に手もかけぬもう一人が、

「田宮流百頭全次郎」

と名乗りかけた。

円明流を名乗った西方は抜いた剣を八双に置いた。長身である。

田宮流の百頭は長柄刀の柄に手をかけたまま、腰を沈めた。その柄は一尺近くありそうだ。小太りの体はどっしりとしていた。

「直心影流坂崎磐音」

磐音は正眼に包平を構え、七三に注意を払った。

七の神経を田宮流の抜き打ちに、残りの三を西方の八双においた。

血覚上人が背水の陣を敷いたというだけに、雇われ剣客は堂々とした構えであり、風格だった。

憐憫の情など入る余地もない強敵だ。

（生きるか死ぬか）

磐音は死戦を覚悟した。

隠居所の炎が大きくなり、浜の衆たちが駆けつけて消火をしようとして、庭の戦いに目を奪われた。

「火を消してくだされ！」

栄吉の声に、漁師たちが戦いの場を避けて火の手の場所へと走った。

磐音は西方を正眼の剣で牽制した。

八双が、
ぴくり
と動いて磐音に突進しようとしたまさにその瞬間、百頭の抜き打ちを覚悟でその正面へと飛び込んだ。

百頭の腰が沈むと長柄刀が一閃された。

田宮流は、

「柄に八寸の徳、身腰（見越）に三重の利」

と称して長柄、長刀を推奨した。

百頭の長柄刀が長大な円を描く。

磬音は果敢にもその内側に飛び込むと、正眼の包平を小さく振るって頸動脈を刎ね斬った。

一瞬の早技だ。

籐右衛門とお萬、淳庵が危険に晒されているのだ、遅滞は許されなかった。そのことが磬音を非情にしていた。

血飛沫が上がったとき、磬音の体は横手に飛び、西方が振り下ろした八双の剣に擦り合わせると弾いていた。

西方の剣が流れるところ、磬音の包平が相手の腰を深々と割った。

「わああっ！」

と叫び声を上げた西方が横倒しに倒れた。

その磬音に、血覚上人の錫杖が叩き込まれた。

磬音は目の端で血覚の攻撃を認めると、斜めに擦れ違うように飛んだ。

錫杖が磬音の左肩を滑るように叩いた。

激痛が走った。

だが、磬音は声にも顔にも出さず、振り向きざまに血覚上人に迫った。

その磬音を、二人の僧侶が仕込み杖を振り翳して塞いだ。

磬音の包平が右手の仕込み杖の刃を払って肩口を打ち、もう一人の僧侶の脇腹から首筋を刎ね上げていた。

頭に被った丸笠が二つに切れ飛び、尻餅(しりもち)をつくように倒れ込んだ。

磬音は体勢を整え直すと血覚上人を探した。

血覚上人は、頼りにした剣客二人と手下(てか)二人を一瞬のうちに倒され、攻撃を続行するかどうか迷っていた。

「血覚、そなただけは逃さぬ」

磬音が、

ぐいっ

と迫った。

一瞬躊躇(ちゅうちょ)した血覚上人が、

「引き上げじゃあ！」

と退却の命を発した。

異形の僧侶集団は、四人の亡骸(なきがら)を残して消えた。

「中川さん、岩村様とお萬様はご無事にございますか」

磐音の問いに、浜の人込みの中から、

「坂崎さん、無事でござる」

という淳庵の返事がした。

「ならば火を消しましょうぞ！」

浜の漁師たちの手ですでに湯殿と隠居所の裏手二か所の炎は下火になっていた。昨夜からの断続的な雨に屋敷全体が湿り気を帯びていたことが、大火にならずに消し止められた因でもあった。

「造作をかけましたな」

消火を見届けた磐音は漁師たちに礼を述べると、籐右衛門とお萬夫婦のところに走り戻った。岩村夫婦は網元の家に移されて、淳庵の診察を受けているところだった。

「ご無事にございましたか」

磐音が改めて問うと籐右衛門が、

「いやはや、凄まじい斬り合いを見せてもろうた」

と磐音に言いかけた。

どこかで戦いを見ていたらしい。

「そのお言葉なれば大丈夫にございますすな」

「そなたは佐々木玲圓道永どのの門弟じゃそうな」

「はい、末席を汚しましてございます。岩村様も佐々木先生をご存じにございますか」

「茶の席で出会うて二度三度清談を交わした仲よ。玲圓どのの門弟と聞いて、納得いたした」

「はっ」

と曖昧に返事する磐音に、

「玄鱗が家中でもない者を同道してきたと聞いて訝しく思うていたが、先ほど説明を受けて、これまた頷いたわ」

と籐右衛門が一人合点した。

「坂崎さん、肩を診せてください」

淳庵が血覚上人の錫杖に打たれた磐音の肩の打撲を診察し、手持ちの塗り薬で治療をしてくれた。

そこへ行徳河岸から土地の役人が駆けつけてきた。

行徳浜で斬り合いと火付けが同時に発生した。その上に死骸が四つも転がっているのだ。滅多にないことで、役人たちも亢奮していた。

騒ぎが鎮まり、亡骸を役人たちが引き取っていったのは、五つ半（午後九時）の刻限に近かった。

襲われたのが元大老の大名家筋の重臣、また医師の中川淳庵の名も知られていたので、その夜の調べは簡単に済んだ。江戸での一連の騒動の繋がりと聞いた役人たちは、

「ともあれ今日にも急使を江戸に立てて、問い合わせいたしまする」

と言い残し、行徳河岸に血覚上人一派の行方を追うと約束して去った。

この夜、籐右衛門とお萬、下男と磐音たちは網元の家に泊まることになった。

籐右衛門は騒ぎのせいか、熱を出して淳庵の徹宵の看護を受けることになった。ようよう熱も下がり、籐右衛門が眠りに就いたのは朝方だ。

磐音は岩村家の下男と一緒に行徳河岸まで出向き、火付けで焼けた湯殿などを修理する大工を頼んだ。

その足で行徳河岸の船番所に立ち寄ると、昨夕、岩村家に顔を出した役人が、

「坂崎どの、騒ぎの直後、屋形船と苫船二隻が急ぎ新川を下っており

ます。二隻ともに河岸には関わりのない船にございます。どうやら中川先生を襲った坊主どもが苫船に乗り込み、その前後に屋形船も出ております」

と報告してくれた。

「屋形船にございますか」

「見慣れぬ屋形船で豪奢（ごうしゃ）な造りだったそうにございます。おそらく江戸からの船にございましょう」

「屋形船の主が分かるような手がかりはございませぬか」

「土地の百姓が屋形船の舫われたかたわらに小舟を止めたとき、かねが、ふちのお屋形様、と問いかけるのを聞いております」

「かねがふちのお屋形様にございますか。よいことを聞かせていただきました」

磐音は実直そうな役人に礼を述べると行徳浜の隠居所に戻った。

中川淳庵と坂崎磐音、それに供の栄吉は、行徳浜の岩村籐右衛門の隠居所の修理がすむまで滞在することになった。

その間に籐右衛門の熱も下がり、痛風も落ち着いた。

結局、一行が行徳船で江戸の小網町河岸に戻りついたのは師走の初旬のことであった。

第四章　櫓下裾継見世

一

坂崎磐音は行徳の塩を土産に両国橋を渡り、今津屋に顔を出した。すると老分の由蔵が店の横手の通りから屋根を見上げて何事か指図していた。

今津屋の屋根の一角には物干し場があって、振場役の新三郎と小僧の宮松が竿の先に笊(ざる)をつけて立てていた。

「何事です」

「おや、お戻りでしたか」

由蔵が言い、

「お武家様にはこの習わし、ご縁がございませんかな」

「竿を空高く立てることがですか」

　磐音は初めて見る行事だった。

「江戸では二月八日を御事始と称し、十二月八日を御事納ともいいます。どうやら野良仕事から始まった習わしのようでしてな、この日に屋上高く竹竿を出すと、方相氏四目の遺意にて不祥を払うと申します。私ども商人が虚空に竿を出すのは、天から金銀財宝が降るので、この竿で受けるのだと教えられました。もっとも十二月八日の御事納を御事始という商家もございましてな、正月が来る前に諸々のことを準備する日だというところもございますよ」

　と説明した由蔵が話題を変えた。

「行徳浜で一騒ぎあったようですな」

「老分どのは八卦も見られるか」

「八卦もなにも二、三日の旅が八日にも延びたのです。なんぞあったとだれもが考えます」

「おっしゃるとおり騒ぎがありました」

　磐音が岩村家の隠居所の出来事を伝えると、

「坂崎様の行かれるところ、つねに風雲渦巻いて、同行の方は退屈しのぎの種には事欠きませんな」

と呆れた。

「いくら暇な季節とはいえ、長いこと仕事を休んだものですから、行徳の新しい名物、藻塩(もしお)を抱えて鉄五郎親方に詫びてきたところです」

由蔵は裏戸から今津屋の庭に入り、

「ちょうどようございました。坂崎様にお願いの筋もございます」

と言うと台所に磐音を誘った。

「おや、お帰りなさい」

おこんが磐音の顔を見て言った。

「最近、行徳の浜で藻塩を製塩するそうで、これが美味しいのだそうです」

磐音は土産の藻塩をおこんに渡した。

鉄五郎親方も一つまみ嘗めて、

「これは美味しい」

と絶賛したものだ。

「行徳からこんな重いものを運んできたの」

「道中は船が運んでくれました」

台所ではおつねたちが里芋、人参、蒟蒻、大根、牛蒡、焼豆腐などをさいころに切っていた。大勢の奉公人の食べ物だ、その量たるや半端ではない。

「なんぞ煮物ですか」

「御事汁よ。笊を空に上げて御事汁を食べると、江戸の者は正月が近いと感じるのよ。お昼に食べるから坂崎さんも一緒にどうぞ」

「馳走になります」

今にも台所に座り込みそうな磐音を由蔵は店先の帳場格子に連れていった。そこは両替商今津屋の本陣、商いの諸々が指図される場所だ。

磐音は店に連れていかれると察したとき、台所に大小を抜いて置いてきた。

「後見、お久しぶりにございます」

支配人の和七に挨拶され、着流しに無腰の磐音は、

「支配人どのもご壮健の様子でなにより」

と挨拶を返した。

なんだか近頃では今津屋の奉公人になった感じすらした。

「老分どの、なんぞ不都合が生じましたか」

磐音は店を見回し、いつもの今津屋だと確かめながら訊いた。

「いえ、坂崎様のお帰りを待っているのはうちではありませぬ。馬喰町(ばくろちょう)の能登(のと)湯です」

「湯屋ですか」

はい、と頷いた由蔵は、店先に入ってきた知り合いの客に目顔で挨拶すると、

「お上ではここひと月も前に関八州(かんはっしゅう)や東海道筋の村々へ、村内をうろつく浪人者、渡世人など、施しや宿を強要する者たちの取り締まりの強化を改めて、布告なさいました」

磐音は頷き返しながら、行徳行きでもいかにそのような旅暮らしの者が多いかということに気付かされていた。つまりは江戸や上方を食い詰めて外に出た連中だ。

それだけ幕府の諸策が行き詰まりをみせ、人々が希望を持てないでいる証(あかし)でもあった。

「関八州の在郷の取り締まりを強めれば強めるほど、江戸へと不逞(ふてい)の浪人衆が流れ込んでくる道理です」

「は、はい」

磐音は、能登湯とこの騒ぎがどう関わるか分からないままに曖昧な返事をした。

「坂崎様は行き付けの湯屋がございますな」

「はい。金兵衛長屋近くの六間湯だが」

「二階座敷に上がられたことはございますか」

「刀を預けるときにちらりと」

　由蔵が頷いた。

　江戸の湯屋の大半が男湯だけに二階座敷を設け、二階番頭か年増女が釜前で控えて、客に煮花を出した。むろん二階座敷に上がって休むのは無料ではない。一回八文で茶の接待が受けられた。座敷には菓子羊羹の類がお重に入れてあって注文に応じた。

　またこの娯楽場には将棋盤、碁盤、煙草盆などが置かれて、町内の八っつぁん、熊さんがへぼ将棋を指していた。また、二階から往来を見下ろしながら、爪切りで爪を切っている者もいた。

　古句には、

「湯屋の二階は武士の物」

　と詠まれたように、侍が両刀を預けるために始まったものだといわれる。それが今や町人たちの社交場と化していた。

「坂崎様が行徳に行かれて江戸を留守になされた間に、能登湯の主の加兵衛さんがうちに来られましてな、店に出入りの腕っぷしの強い侍を雇えないかという相談がございました」

「はあ」

磐音は漫然と相槌を打った。未だ内容が推測できなかったからだ。

「加兵衛さんは十四で加賀の国から出てきて、伝馬町の湯屋に奉公し、食う物も節約して湯屋の株を手に入れた辛抱人です。そもそも湯屋は、金を持っていたからといって開ける商いではありません。町内一湯の決まりの上に幕府の許しを得なければならないからです。特に御城近くで新しい湯屋を開業するのは大変なことです」

「ほう、またそれは」

「湯屋が火を使う商売だからですよ。火事の火元になることを恐れたお上は、御城界隈には湯屋を許しません」

「馬喰町は御城に近いですね」

「そこです。前の湯屋の主が博奕だか女郎だかに狂って左前にしてしまった。それを加兵衛さんの主人がうまいこと話をつけて、居抜きで買い取ったのです。まあ、それだけ加兵衛さんが頑張り屋だったということでもあります。今から十数年前の宝暦七、八年（一七五七、五八）のことでしたかな」

由蔵の話はなかなか核心に近付かなかった。

磐音も急ぐ用事はないからおっとりと構えていた。

「湯屋は一日十貫文稼げば大所です」

一貫は銭換算で千文、だから十貫は一万文、およそ二両二分の上がりだ。

「馬喰町は旅籠や伝馬宿が集まる町内です。能登湯は大所の倍は稼ぐと言われている、なかなかの湯屋です」

由蔵の前に遠慮がちに帳簿が差し出された。

支配人の和七だ。

「ちょいとお待ちを」

磐音に断った由蔵が帳簿に目をやり、何通かの書き付けを確かめていくつか指示を出した。

「どこまで話しましたかな」

「能登湯が盛業中というところまでです」

「おおっ、そうだ。その加兵衛さんが、坂崎様の腕を借りたいとうちに来なさったので」

「なんぞ不都合が生じましたか」

「このところ二階座敷に町内の者でもない浪人者たちが集まりを開いて、なにごとか話し合っていくというのです」

「ほう」

「集まりには時に勤番侍の風体の侍が加わることもあって、騒ぎでも起こされて、お上から鑑札を取り上げられてはと、加兵衛さんは心配しているのです」

「それがしはなにをいたせばよいので」

「集まりは決まって五日ごと、子供たちが湯に来て騒ぐ刻限の八つ半（午後三時）頃から一刻（二時間）だそうです。そこでこの時間だけでも二階座敷に控えていてくれないかとの申し出です」

「五日ごとの八つ半から一刻ばかり、二階座敷にいればよいのですね。承知しました」

「これこれ、そう簡単に承知されても困ります」

「困りますか」

「能登湯の加兵衛さんは辛抱人と申しましたぞ。つまりは吝嗇です。私はそこを心配したのです」

「はあ」

「坂崎様は、そんじょそこらの浪人さんとは違う。なにしろ腕は神保小路の直心影流佐々木玲圓先生仕込みの俊才、人物は今津屋の保証付き。加兵衛さん、あんたはいったいいくら日当を払う気かと訊ねました」

「恐れ入ります。そのような気遣いまでいただきまして」

「なあに、今津屋に仲介を頼む以上、うちの沽券にも関わることです」

「はあ」

「するとな、加兵衛さんは、一刻の労賃にございますので二百文ではいかがと答えた」

「それがしは構いませんが」

「いえ、それでは商いとは申しません」

「さようですか」

「そうです。いいですか、何事もなければそれでいいかもしれません。だが、能登湯が心配するにはそれだけの理由があるはずです。事が起こって刃傷沙汰にでもなり、その仲裁に駆り出されて二百文はありませんよ。それにこういう類は、一刻だからといって一刻で終わるものではありません」

「そうでしょうか」

「一度の出勤に四百文、騒ぎの仲裁を務めるような出番ならば、一両の始末料ということで話がつけてございます。お暇なら能登湯に行ってごらんなさい」

「有難いことです」

と磐音が頭を下げたとき、おこんが昼の仕度ができたと知らせてきた。


能登湯は、馬喰町一、二丁目の境、亀井町に寄った角地にあった。

磐音が訪ねたのは八つ（午後二時）の刻限。寺子屋から戻った子供たちがそろそろ顔や手を墨だらけにして湯屋に走り込んでくる頃だ。

本来、湯屋の営業時間は、

〈湯風呂屋明け六つ（午前六時）から暮れ六つ時（午後六時）迄焚仕舞可申事〉

であった。だが、この触れには後段の抜け道があった。暮れ六つで焚仕舞、つまり風呂釜の火を落とせということで、湯が温かい五つ（午後八時）時分までは客を入れた。

江戸では朝湯が繁盛した。続いて仕舞い湯に客が集まった。

お昼時分はのんびりして、子供が集まる八つ過ぎからまた活況を呈するのだ。

「加兵衛どのにお目にかかりたいのだが」

と番台の若い女に磐音が声をかけると、

「どちらさん」

と訊いてきた。

客のいない板の間に、連子(れんじ)窓から昼下がりの光が射し込んでいた。

「今津屋どのからのご紹介で参りました」

「あら、用心棒の先生。私、もっと歳の人かと思ったわ」

と娘が呟き、

「階段を上がってくださいな。ちょうど、お父っつぁんが二階番をしているわ」

と言うと、

「私、能登湯の看板娘のふくよ。よろしくね」

「それがし、坂崎磐音と申す」

磐音は自らを看板娘と紹介したおふくに杓子(しゃくし)定規な挨拶を返すと、包平(かねひら)を腰から抜き、手に提げて大階段を上がった。すると暇そうな隠居老人が数人、茶を飲んでいた。

「加兵衛どのはおられるか」

老人の中からくいっと日焼けした顔が上げられた。

「おや、坂崎様、お待ちしてましたよ」

がっちりとした体格の加兵衛が老人の中から立ち上がると、湯煙を上げる釜の前に磐音を誘った。どうやら加兵衛は磐音の顔を承知しているようだ。

加賀から十四で江戸に出てきて、湯屋に奉公に入ったという加兵衛の口調から御国訛り(なま)はすっかり消えていた。それだけ必死で江戸に馴染(なじ)むように精を出したということだろう。

「お話は聞かれましたか」

「およそのところは」

「わたしゃねえ、赤穂(あこう)浪士の再来じゃないかと睨んでますのさ」

「不逞の徒ではないのですか」

「だから、そこのところははっきりしませんが、よくよく観察していると、大望があっての集まりと見られないこともない」

話がだいぶ食い違っていた。

「ならば見過ごされますか」

「いや、そうじゃないかもしれないし」

と迷った加兵衛は、

「今日にも参ります。坂崎様がごらんになって判断してくださいな」

と磐音に下駄を預けた。

「ならば、それがしがこちらにご厄介になるならぬは、それから決めたほうがよかろう」

磐音は加兵衛が淹れてくれた渋茶の茶碗を抱えて、仔細らしく将棋盤を前にして詰め将棋を考えるふりをした。

能登湯を生き返らせたのは、騒がしい子供たちの声だった。

板の間で立ち騒ぐ子供を叱るおふくの声がした。その声は、板の間から上がり湯のある洗い場に移動した。

そのとき、大階段がみしみしと鳴り、着流しの浪人が一人ひっそりと上がってきた。年は磐音より十歳は老けていた。全身に暮らしの疲れが見えた。

ふうっ
と息を一つ吐いた浪人は、そこが指定の席であるらしい座敷の隅に座った。

加兵衛が茶を運んでいきながら、顔を上げた磐音に合図を送った。するとすぐ

に階段に足音が響き、草臥(くたび)れた羽織袴の侍が三人姿を見せて、

「館山(たてやま)様、もうおいででしたか」

と声をかけた。さらに勤番侍と思える中年の武士と若い連れがやってきて、

「あとは野々村仁斎(ののむらじんさい)だけか」

と中年の武士が一座を見回した。

「近頃、野々村は不熱心だな」

「なんでも年増女に惚れられたとかで、われらを避けておるようです」

二番目に来た三人連れの一人が言い、

「当てにならぬか。ならば始めるか」

と勤番の武家が懐から地図のようなものと書き付けを出し、一座の真ん中に置いた。そして、額を寄せ合うようにひそひそ話が一刻ほども続いた。

会合は七つ半（午後五時）前には終わった。

「この次は野々村を連れて参れよ、熊田(くまた)」

と緊張を解いた中年の武家が言い、若侍を連れて、最初に能登湯の二階座敷から去った。

残された四人は、加兵衛から新しい茶を貰い、しばらく雑談を続けた。

　二階座敷にはいつの間にか町内の若い衆や旅籠の客がいて、賑わいを見せていた。

「北村様はああ申されるが、野々村仁斎はもはやわれらから脱盟したと考えたほうがいい」

「年増女とはだれだな」

「北割下水の御家人の内儀でな、亭主が病がちで暮らしを支えるために密かに深川櫓下で客の袖を引いておる女と知り合って、互いが熱くなったようだ」

「女はいくつだ」

「二十八、九かな」

「仁斎が二十六か。年増女の虜になっては、致し方ないか」

「佳代と申すその女がまた小柄のせいで若く見えるのだ」

「亭主はいくつだ」

「三十六、七かな。永の無役で暮らしが立ちゆかぬらしい」

「大久保、それはわれらとて一緒だ」

　最初に二階に上がってきた着流しの浪人が言い、

「これ以上はおれも待てぬ。一家で身投げでもせねばなるまい」

と言うと立ち上がった。

それを潮に四人は能登湯の二階座敷から消えた。すると加兵衛が磐音のもとにやってきて、

「どうです。なんぞ押し込みでもやらかす算段ですか」

「いや、その心配はなさそうだ。どこぞの家中の方々が、お家の再興でも話し合われているように思えたが」

「さて、どうしたもので」

と加兵衛が磐音の顔を見た。

「小耳に挟んだ話がある。知り合いを頼り、調べてみよう。それからどうするか決めましょう」

「お願い申します」

加兵衛が答え、

「坂崎様、今日のご苦労賃です。風呂に入っていかれませんか」

と勧めた。

二

磐音は能登湯の帰りに南町奉行所に立ち寄り、笹塚孫一に行徳浜行きの報告をした。

「なにっ、奇妙な坊主集団の背後に鐘ヶ淵のお屋形様が控えているとな」

笹塚の驚きにも似た顔には、お屋形なる人物を承知している様子があった。黙したまましばし沈思していた笹塚が、

「調べる」

とだけ磐音に約束した。

磐音もまた頷き返すと南町奉行所を出た。

両国橋を渡ったとき、大川に木枯らしが吹き付けていた。川面に白い波が立っている。

夕餉の刻限であることを気にしながら、北割下水の品川柳次郎の屋敷の傾いた門を潜った。

すると前掛け姿の柳次郎が玄関先で、大荷物を背に負う手代風の男と立ち話を

していた。大方、内職の仕事を受け取りに来た者であろうか。

屋敷の中はひっそりしていた。

「お袋様によろしくお伝えくださ い」

という言葉を残して男が去った。

「旅からお戻りですか」

「母者はお留守のようですね」

「親父と一緒に近くの貧乏御家人の通夜に行っています」

「なら、外に出られませんか」

「ちょうどよかった」

柳次郎は前掛けを外すと、裾をぱたぱたと叩き、

「お待たせしました」

とその足で磐音に同行すると言った。そんな気楽さが北割下水暮らしのよいところだ。

「どこぞ近くに話ができて、酒も飲める飯屋はありませんか」

柳次郎はしばし考えた。頭に浮かんだ店はあるのだが、どうしようかと迷っているふうだった。

「新町筋に、北割下水らしからぬちょっと風変わりな飯屋がありますが、一膳飯屋よりも少々値が張るのが難点です」

そのことを柳次郎は心配した。

「そこに行きましょう」

柳次郎が磐音を連れていったのは、北割下水に溝が流れ込むところにひっそりとあった。入口に竹と梅の古木が植えられた佇まいは、馬方や船頭が出入りするにしてはいかにも小綺麗すぎた。

軒行灯に店の名が、
ごえんや
と女文字で書かれてあった。

「おやえ様、友を連れてきた」

「ようういらっしゃいましたな」

風変わりな飯屋と柳次郎は言ったが、気品を感じさせる店の佇まいは女将の風情でもあった。間口二間半奥行き四間ほどの板の間はきれいに片付き、ほどよく席が配置されていた。店の奥に小座敷があるようで低い声が洩れてきた。

「これはよい店ですね」

確かに北割下水にこんな店があったかと思うような佇まいで、女主の雅な言葉遣いが耳に心地よかった。

「旬のものを使った料理はどれも美味しいですよ。ただ私の懐具合では始終来られる店ではありませんが」

「今宵は品川さんの知恵を借りに来ました。好きなものを注文してください」

磐音の言葉に柳次郎がほっとした笑みを浮かべ、

「ならば、おやえ様のお勧めをお願いしましょうか。おやえ様、酒を少し飲んであとは飯にします」

と柳次郎が中年の色香を残したおやえに言った。

頷いたおやえは台所に下がり、すぐに小女が酒と酒器を運んできた。

「おやえ様は、割下水の御家人の家に嫁がれたが、数年前にご亭主を亡くされ、御家人の株を譲った金でこの店を始められたのです」

「どうりで様子が違いますね」

磐音が柳次郎と自分の盃を満たした。

「先ほどまで、独りで蒸かし芋の夕食かと暗澹としていたところでした」

と人肌の酒を口に含んだ柳次郎が、

「用事とはなんですか」

「品川さんは、かようにも北割下水に詳しい。そこで、名だけしか分からぬが、ひょっとしたらご存じではないかと聞きに来たのです」

「御家人ですか」

「御家人のご内儀です」

「女でしたか。北割下水に詳しいなんぞ自慢にもなりませんが、事情を話してみませんか」

頷いた磐音は、馬喰町の能登湯の加兵衛が危惧するところを話し、先ほど二階座敷で小耳に挟んだ、野々村仁斎なる者と御家人の内儀佳代との関わりを告げた。

話の途中から柳次郎の顔色が変わった。

「どうかしましたか」

磐音の問いに、柳次郎が盃に残った酒をくいっと飲み干した。

「驚いた。こんなことがあるのだろうか」

「佳代という女と品川さんはご縁があるのですか」

磐音はまずい話を持ち込んだなと不安になった。

佳代は亭主の病気が因(もと)とはいえ、深川櫓下で遊女をして、薬代や生計(たつき)の金を稼いでいるのだ。

「父と母が通夜に行っていると言いましたが、その先というのが、佳代様の嫁がれた下条家。今宵が亭主の竜太郎さんの通夜なのです」

「佳代どののご亭主が亡くなられたのですか」

「はい、昨日のことです」

「驚いた」

「私も驚きました」

二人は顔を見合わせた。

「下条様の先代とうちの親父が小普請仲間で親しかったのです。だが、先代が八、九年前亡くなられて竜太郎さんが当主になり、嫁を貰われた。佳代様の家も川向こうですが、同じ御家人、暮らしのきつさを承知で嫁に来られたのです。まあ、外目には慎ましやかながら幸せな暮らしぶりでしたよ。竜太郎さんが労咳に倒れられるまではね。佳代様は私にとって姉のような、どこか眩しい存在でした」

磐音は柳次郎の空の盃に酒を満たした。

柳次郎が盃の縁を嘗めるように啜り、

「無役の御家人の暮らしは、食べることだけで精一杯です。家の中で一人でも病に倒れたら、たちまち暮らしは行き詰まります。下条家はご当主ですから、なおさらです。診察代に薬代、大変だったと思います」

磐音も酒を啜った。

「佳代様が苦労されているということは、母上の口を通して知ってました。だが、まさか櫓下で身を売っているとは……。おそらく母上も、そんなこととはゆめゆめ考えもしないでしょう」

「竜太郎どのと佳代どのの間には、お子はおられるのですか」

「いえ、いません。竜太郎さんの弟二人に妹三人の大所帯です」

おやえが烏賊（いか）の塩辛とひじきとおからの煮物、熱燗を運んできた。

「柳次郎さん、今日はこんなものですよ」

磐音を気にしながら供してくれた。

「これは美味しそうです」

磐音の言葉におやえがにっこりと笑った。

「おばあさんのお酌ではご迷惑でしょうが、お近付きのしるしにお一つどうぞ」

「いただきます」

磐音は残った酒を飲み干し、両手で差し出した。

「おやえ様、坂崎さんはただ今故あって浪々の身ですが、さる大名家の国家老のご嫡男です」

「割下水の臭いがしないと思うておりました」

「品川さん、父上の背中には年貢米何年分にも相当する借財があって、殿様をはじめ、一汁一菜の暮らしを強いられていることを付け加えねば、話が間違って伝わります」

「おや、殿様でも粗食ですか」

「父上は久しく酒など飲んだこともないでしょう」

「何処(いずこ)も同じ秋の夕暮れですね」

おやえが笑うと台所に下がった。

「下条家はどうなります」

「親父は次男の島次郎(とうじろう)どのが跡を引き継ぐのではと話していました」

「佳代どのは実家に戻られますかな」

「はて、実家も裕福な暮らしとはいえないでしょうから、どうなるか」

柳次郎が首を傾(かし)げた。

「坂崎さんは、佳代様が野々村仁斎なる浪人者と暮らすのではないかと考えておられますか」

「品川さん、それがしの目的は野々村仁斎の仲間がどのようなことを考えて能登湯の二階で会合を持っているかを知ることだけです。そこで、脱盟した野々村どののほうから探るのが早道だと思い、佳代どののことを訊ねたのです」

「分かっています」

と答えた柳次郎が、

「坂崎さん、この話、私に探らせてください」

と頼んだ。

「北割下水の仲間の話です、気になります」

と言い切った。

「品川さん、それがしの知りたいことは、野々村どのの盟友たちの企てだけです。ですが、それが武士道に則ったものなら、すぐさま手を引きます」

「承知しました」

磐音の念押しに柳次郎が請け合った。

翌朝、磐音が宮戸川の裏庭の井戸端で鰻と格闘していると、柳次郎が顔を出した。

「あと四半刻（三十分）で終わります。その後、朝湯に行きませんか」

「朝湯か、いいですね」

柳次郎はそう言うと、汚れた竹笊を井戸端に運んで洗い出した。

「おや、柳次郎さんは鰻のぬるぬるが嫌いだったんじゃありませんか」

鉄五郎親方がそれを見て笑った。

「一人だけ他人の仕事を見ているのも、なんだかのけ者にされているようでね」

「おやおや、若い者がそんな気を遣うようじゃあ、元気壮快とはいえないようだ」

「親方、御家人なんてつまらねえ暮らしだね」

柳次郎は親方の突っ込みにも応じようとはせず、元気なく呟いた。

「これはだいぶ重いな」

今ひとつ元気のない柳次郎だったが、宮戸川の朝餉はしっかりとご馳走になり、飯を三杯お代わりした。

磐音と柳次郎は六間湯に回り、さっぱりしたところで二階座敷に上がった。六間湯で初めてのことだ。

「品川さん、面倒なことをお願いしたようだ」

「いえ、坂崎さんのせいではありません。昨晩遅く父と母が帰ってきて、通夜の模様を話してくれたのです」

番頭が淹れた茶を啜った柳次郎が頭を振った。

「竜太郎さんの親族が通夜の席で、次男の島次郎どのが下条家の跡目を継ぐ話を持ち出したそうです」

武家社会にとって跡目が決まるかどうかは、一族の存続がかかった死活問題であった。これは将軍家から、百俵六人泣き暮らしといわれた下級旗本まで、同じであった。

「なんぞ異論を申される方が出られたか」

「いえ、島次郎どのの一件はすんなり決まったそうで。だが、親族の一人が、島次郎の嫁に兄嫁の佳代さんをと言い出し、こんな席でそのような話を持ち出さなくてもと喚く女やら、いや、それは存外大事なことだと反論する方もいたりで、大騒ぎになったそうで」

磐音は騒ぎの情景が目に浮かんだ。

「その場におられた一人が、この話、まずは当人たちに確かめねばと申されて、島次郎どのに問い質した」

「答えはどうでした」

「島次郎どのは当年とって二十一歳ですが、義姉上がご承知なればと承諾したそうな。兄嫁の佳代様に密かな慕情を寄せていたのかもしれません」

「ほお」

「ところが佳代様の答えを聞く段になって、えらい騒ぎが起こった。それまで黙りこくっていた一人の縁戚の男が、突然、お手前方は目が見えぬのかと喚き出したそうな。そして、佳代は櫓下で身を売っているぞ、それに乳繰り合う男もいるぞと喚き出し、事を暴露してしまったのです。その上で、下条家の跡継ぎに改めて不浄の女を嫁に迎える気かと、満座の衆に問い質されたそうです」

「なんと」

「通夜の席はめちゃくちゃになり、おのれ、誑かしたか、女狐めが、と刀を振り回される叔父御もおられたとか」

「佳代どのはどうなされた」

「顔面蒼白になっておられたそうですが、一言も抗弁することなく、通夜の席からそのまま屋敷を出られたそうです。おそらく弔いにも出られないでしょう。御家人ならば、竜太郎さんの薬代がどこから出ていたかくらい分かろうというものだ」

柳次郎が吐き捨てた。

「ほとほと貧乏はするものではありませんね。見栄だけで、事の本質を見定めようとしない者ばかりです」

柳次郎は心から憤っていた。

「坂崎さん、佳代様の行動をだれが責められます、亭主の病の治療に身を切り売りしたのです。その上、大所帯の下条家の体面をなんとか支えてきたのは佳代様なのです」

柳次郎の怒りと憂鬱（ゆううつ）を磐音は悟った。

磐音は黙って茶を啜った。

「坂崎さんを不快にしたようだ。それに大事な手蔓を逃してしまった。謝ります」

といきなり頭を下げた。

「品川さんが動いてこうなったわけではありません。致し方ないことです」

「お詫びに、佳代様が実家に戻られたかどうか調べてみます」

「いや、おそらく帰ってはおられるまい」

「野々村仁斎のところかな」

「はて」

磐音は思案した。

「品川さん、ちょっと付き合ってもらいたいところがあります。しばしの間よろしいか」

「むろんです」

柳次郎が立ち上がった。


磐音が柳次郎を案内したのは、富岡八幡宮前でやくざと金貸しの二枚看板を掲げる権造一家だった。

「親分はおられるか。相談事があって参ったと伝えてくれぬか」

磐音の顔を見知った子分が奥へと飛んでいった。

代貸の五郎造がのそりと姿を見せると、

「金兵衛長屋の浪人か。確かおめえさんには貸しがあったな」

貸しとは金銭ではない。唐傘長屋のはつねばあさんが首を括った一件で、首括りの因を作った騙りの安五郎を、幸吉が探索の真似事をして探しまわったことがあった。

　その折り、権造一家の手を借りていたのである。

　五郎造の言う貸しとはそのことだ。

「まだ先の貸しを返しておらぬが、また知恵を借りたいことができた」

「なんでえ、言ってみねえ」

「深川櫓下で身を売る女の客の一人を探しておる」

「そりゃあまた摑みどころのねえ話だぜ。詳しく話しねえな」

　深川櫓下とは、永代寺門前の大通り山本町を表櫓と呼んだのに対して、その横町を裏櫓、横櫓と呼び慣わし、それらを総称して櫓下といった。

　表櫓には枡屋、常磐屋など十数軒の妓楼があって、多くの呼び出し女郎を抱えていた。客の大半はお店者が多く、女郎の質もわりとよかった。

　一方、横櫓には川津屋、萬年屋、裏枡屋、海老屋の四軒をはじめ、大小様々な妓家がいろいろとあって、表櫓よりも安直に遊べたという。

　磐音は柳次郎に、佳代のことを話してよいか許しを得た。

「もはや隠しても仕方ありません」

磐音は、

「この地でなんと名乗っているか分からぬが、本名は下条佳代どのと申す……」

と五郎造に騒ぎのあらましを告げ、佳代と浪人野々村仁斎のことを調べてくれないかと頼んだ。

「御家人の嫁ねえ。そんな類は結構多くてねえ」

と五郎造は言ったが、

「うちとおめえさんの仲だ。調べてやるぜ。一日二日待ってくれねえか」

と請け合ってくれた。

「ただし、おめえさんには先の貸しもある。今度の一件は探索料を貰うぜ」

「いくらかな」

「おめえさんの頼みだ。五両と言いてえが三両で手を打とう」

「代貸、どこからも金が出る話ではない。二両にまけてくれぬか」

「なにっ、金貸しのうちに来て値切ろうってのか。まあ、仕方あるめえ」

と五郎造がその値で承知した。

三

翌夜、寒風が吹き抜ける深川櫓下の暗がりで、磐音と柳次郎は紅い灯火を見ていた。

さすがは深川一帯を仕切る権造一家だ。佳代がどこの女郎か、たちまち調べ上げてきた。

その知らせを受けた磐音は、これまで万が一のときのために貯めていた金子のうちから二両を持って、代貸の五郎造に届けに行った。すると五郎造が、

「あの女、表櫓でも立派に通用する器量だが、変わり者だな」

「それはまたなぜ」

「佳代がこれまでいたのは裏櫓の海老屋だったのさ。ところが数日前には、海老屋よりも格下の裾継見世、鷲尾屋に住み替えている。なにを好き好んで、客種も落ちる、遊び代も安いところに落ちなきゃあならねえんだ」

と言ったのだ。

磐音はしばらく考えた後、話題を変えた。

「代貸、野々村仁斎の一件はどうなった」

「二日前に佳代のところに上がった浪人者が野々村仁斎らしいが、住み替えの一件で野々村がえらく怒ったそうだ。なぜおれが見つけてきた表櫓の常磐屋に行かぬ、こんな裾継見世に移るなんてどういう気だというわけだ。佳代は、黙ってなにも答えなかったというぜ。さて、野々村だがな、仙台堀万年町界隈に住んでいるのは確かだが、用心してなかなか尻尾を出さねえんだ。うちの野郎どもはいつも仙台堀を曲がったあたりで撒かれる。よほど用心しているとみえる。どうしても住まいを探せというのなら、もう二、三日待ってくんな」

と言った五郎造は、

「それより、櫓下に待っているほうが早え。今晩にも鷲尾屋に姿を見せるぜ」

と情報代の二両を寄越せと手を出した。

「坂崎さん、佳代様の自暴自棄になった気持ちが分かるような気がします」

とぽつんと柳次郎が言い出した。

「御家のためにと身を売ってまで稼いできたのに、通夜の騒ぎだ。そればかりか、野々村仁斎は稼ぎのいい表櫓に住み替えろと迫って怒ったという。本来なれば、亭主が亡くなったと知ったとき、なぜ一緒に暮らそうと言い出さなかったのでしょうか。佳代様は御家人の貧乏暮らしには慣れているし、野々村とて懐は裕福ではないはずです。だが、二人して力を合わせれば、暮らしなどどうとでもなったろうに」

柳次郎は憤慨していた。

「佳代どのは自暴自棄になる性質の女子ですか」

「普段は寡黙で思慮深い女ですよ。亭主の薬代稼ぎに身を売った先で、出合った男と好き合った。だが、そやつまでもが食いものにしようとしたとき、わが身をめちゃくちゃに痛めつけたくなったのではありませんか」

「気持ちは分からぬではないが……」

磐音が答えたとき、鷲尾屋の表に一人の侍が立った。羽織は身に着けていなかったが、袴は穿いていた。

「なんとまあ、下条島次郎さんですよ」

若い侍は義弟の島次郎だという。

「なにしに参られたか」

磐音が呟くのを柳次郎が見た。

「下条家の使いとして言伝を持ってきたか、あるいは義姉への未練が断ち切れぬか、どちらかでしょう」

島次郎は紅い灯の前で迷っていたが、ふいに見世の中に身を入れた。

「いらっしゃい。お武家さんは初めてだねえ。だれぞ目当てはありなさるか」

牛太郎（ぎゅうたろう）の声が磐音たちのところまで洩れてきた。

二人が潜（ひそ）む暗がりは鷲尾屋の表からだいぶ離れていたが、風下のせいで、鷲尾屋で話される声が聞こえてきた。

「義姉上に会いたい」

「義姉上って、だれのことです」

「佳代と申す名だ」

牛太郎は何事か考えているのかしばらく黙っていたが、

「お侍さん、うちがどんなところか承知で来なさったのだろうねえ。女郎屋ですぜ。金さえ出せば、義姉上だろうがお袋だろうが抱かせるぜ」

「金は用意してきた」

「ならばここでいただきましょう」

再び無言の間があって、

「佳代さんの部屋、ご案内！」

という声が響いてきた。

柳次郎と磐音は顔を見合わせた。だが、互いに言葉は発しなかった。

半刻（一時間）余り二人は黙したまま待った。

ふいに鷲尾屋の表口に男女二つの影が立った。

長襦袢をしどけなく着た小柄な佳代の姿態から妖艶さが漂った。

「なんてこった」

と柳次郎が呟いた。

それは義姉と義弟が男女の仲になった驚きの呟きだった。

「島次郎どの、もはやここに参られてはなりませぬ」

佳代が押し殺した声で言った。

「義姉上、参ります。それがし、義姉上が好きでございます」

と叫ぶように言って島次郎は走って表櫓の通りへと消えた。

佳代は長襦袢の襟元を右手で押さえて義弟を見送っていた。

冷たい風が佳代の小柄な体に吹き付けた。

「佳代、もう客に惚れたか」

いつの間にか、着流しの痩身が佳代の側に立っていた。

「あの者は義弟にございます」

「義弟だろうとなんだろうと、おまえと褥を一緒にしたことは確からしいな。若僧の挙動が物語っているぜ」

「野々村様、私はこの世界で身を立てる決心がつきました」

「なら、表櫓に変われればよかろう。金も、この見世の何倍も稼ぐことができよう、それに体も楽だ」

「野々村様、櫓下で身を売って稼いだ金子は、御家人の体面を保つために費消されました。今晩からはわが身のために男衆に抱かれます」

「好きにせえ」

そう言って野々村は鷲尾屋の見世に入ろうとした。

「野々村様、今宵から客の一人、ちゃんと遊び代はいただきます」

「なんだと」

と佳代を見た野々村が、

「それが二世を契った男に言う言葉か」

「野々村様、二世を契った男子は女子を食いものにはいたしませぬ」

「食いものじゃと」

と叫んだ野々村が、音がするほど佳代の頰を殴った。

様子を窺っていた牛太郎が表に飛び出してきた。

「お客さん」

牛太郎の尖った声に野々村仁斎がくるりと踵を返した。

「吉松さん、塩を撒いてくださいな」

佳代の声がして、磐音は暗がりから野々村仁斎の後を追った。柳次郎はしばらく迷うようにその場に立ち止まっていたが、磐音の後を追ってきた。


深川一色町から平野町に架かる富岡橋を渡ると、右手は海福寺など寺町が続く。深川寺町と呼ばれる一帯だ。

左手は平野町と万年町が交互に混在する。平野町の間に万年町二丁目が挟まれ、さらに平野町の先にまた万年町二丁目が広がるという複雑な町割であった。

野々村仁斎は、心行寺の門前で足を止め、後方を振り返った。

が、尾行者の影はなかった。

(はて、おかしなことが)

と前方に向き直ると、一つの影が立っていた。

「先日からそれがしの後を尾けまわすは藩目付か」

　野々村が刀の柄に手を置いた。

「野々村仁斎どの、お待ちあれ。誤解にございます」

「何者か」

「馬喰町の能登湯から頼まれた者にございます」

「能登湯とな」

「野々村様のお仲間が五日に一度ほど集まりをなされますな。湯屋の主が、なんぞ江戸市中で騒ぎを企む不逞の浪人ではないかと心配しているのです」

　野々村は黙って磐音の様子を確かめていた。

「それがしは、お手前方からさような者ではないという確かな証をいただければ、それで素直に引き下がり、能登湯に伝えます」

「そなた、金でさようなことを請け負っておるのか」

「恥ずかしながら身過ぎ世過ぎのために」

「もしわれらが不逞の浪人集団としたらどうするな」

「野々村様、そなた様は脱盟なされたのでございますか」

　野々村が磐音を窺った。

「佳代様に惚れられ、仲間まで抜けたお手前ならば、なぜ佳代様と添い遂げる手立てを考えられぬ」

野々村の背から柳次郎の声が闇に響いた。

野々村が背後を振り向いた。

「そなたは」

「佳代様と同じ御家人仲間にござる」

野々村が半身に磐音と柳次郎を見た。

「おれのことをよう調べたとみえる。どうしろというのだ」

「同盟の趣旨、話してくだされ。もし武士道に則った集まりならば、われらの関知するところにあらず」

「裏切れというか」

「もしお話しなくば、それがし、いささか町奉行所との繋がりもござる。司直の手を煩わすことも考えねばなりませぬ」

「おのれ」

と呟いた野々村仁斎が腰を沈めて、再び刀の柄に手を置いた。

「やめておいたほうがいい。二人だからというのではない。坂崎さんの剣は神保小路の佐々木玲圓先生直伝の直心影流です。稼業柄、幾多の修羅場を潜ってきた剣技です。お手前の腕は知らぬが私は勧めぬ」

と柳次郎が言いかけた。

「直心影流か」

野々村は迷ったふうに柳次郎を、磐音を見ていたが、ふいに柄から手を離して吐息をついた。

磐音はこの態度に、野々村の腕前もなかなかのものとみた。

「これから話すこと、他言はせぬと誓えるか」

「坂崎磐音、神仏に誓って」

「同じく品川柳次郎」

沈黙がさらにあった。が、ようやく口が開かれた。

「われら米沢藩上杉家の陪臣にござった」

「上杉鷹山公のご陪臣の方々が、またなぜ湯屋の二階座敷で集まりをなさるな」

「決して他言は無用ぞ」

「二言はござらぬ」

野々村の念押しに磐音が答えた。

「昨夏のことにござる。藩政改革を推進なさる十代藩主上杉治憲（はるのり）（鷹山）様に対して、上杉家に代々仕えてきた重臣七家（しちけ）が、改革を批判した四十五条におよぶ訴状を出してござる……」

治憲は日向高鍋（ひゅうがたかなべ）藩主秋月種美（あきづきたねみ）の次男に生まれ、十歳で米沢藩主重定（しげさだ）の養子になっていた。そして、十七歳で十代米沢藩主についたが、このとき、藩財政は逼迫して破綻（はたん）状態にあった。

治憲は厳しい倹約令を発して改革に手をつけた。

改革は自然、譜代の重臣たちを避けるかたちになり、彼らは若い藩主や改革推進派の家臣たちに対する不満を募らせた。

この四十五条の訴えをなしたのは奉行、千坂高敦（ちさかたかあつ）、色部照長（いろべてるなが）ら七人の譜代の家臣たちであった。

「われらが主は、訴状を起草した中心的人物の江戸家老須田満主（すだみつたけ）にござった。訴えは治憲様が重用なされた竹俣当綱（たけのまたまさつな）や莅戸太華（のぞきたいか）の政策の誤りを指摘し、その解任を要求するものにござった。だが、治憲様は自らお調べになり、四十五条の訴えが事実無根と断定なさった。須田家をはじめ七家の当主の切腹、隠居閉門など沙汰が決まり申した。須田満主様は、切腹の沙汰であった。われらは突然路頭に迷うてござる」

「なんと」

磐音は豊後関前藩とおなじように、ここにも藩政改革の混乱の犠牲になった侍たちがいたことに、複雑な思いを抱いて答えていた。

「満主様は切腹の沙汰が決まった折り、治憲様に、須田家の再興を願ったそうにござる。その代わり、七家騒動の責任を一身に負われた」

「能登湯の集まりはお家再興の話にございますか」

「上杉家の中にも須田家再興に同情的な方もございます。それらの方々と須田家の家来の主だった者が中心になり、一日も早い沙汰を願って密かに工作を試みておられる。だが、それがしは……」

野々村仁斎は首を振った。

「路頭に迷うて世の中の厳しさをつくづく思い知らされた。藩はさらに厳しい倹約令を断行される。そのような折りに須田家三千七百石が再興されるとはとうてい思えぬ。それに改革派の藩目付は、目を光らせてわれらの行動を厳しく監察しておる」

野々村が神経を尖らせて住まいを知られないように努力し、先ほど磐音たちの出現を藩目付かと問うた理由だ。

「それが、お仲間から遠ざかられた理由にございますか」

「一日も早く生計の道を探すことが、それがしに課せられたただ今の使命にござる」

「米沢家中の武家は、北村なんと申されますな」

そこまで承知かと驚いた野々村が、

「北村東六(とうろく)様と申される御番衆にござる」

磐音が頷き、

「野々村どのの苦衷(くちゅう)は分かった。とはいえ、そのことで佳代様の稼ぎに頼られるのはよくない」

と柳次郎が叫んだ。

「佳代様は、亭主の薬代を稼ぐために身を落としたのだ。ようやく貧乏御家人の軛(くびき)から放たれたのだ、また新たな軛は許せぬ」

野々村は黙っていたが、やがて、

「相分かった」

と答えた。

「野々村どの、よく話してくだされた。そなたは、己れの考える道を邁進してくだされ」

と磐音は言い、柳次郎を伴って、仙台堀に架かる海辺橋に向かった。

磐音が詰め将棋の盤の前から立ったのはそのときだ。

能登湯の二階座敷の、五日目ごとの集まりが終わろうとしていた。

「御免」

額を突き合わせていた六人が顔を上げた。

「米沢家中北村東六様にございますな」

一座に緊張が走った。

着流しの浪人がかたわらの剣を引き寄せた。

「お待ちあれ。それがし、能登湯の後見でしてな、こちらの事情を申し上げる」

「湯屋の後見だと、何用か」

「湯屋の二階座敷は湯上がりの客が茶を飲んで談笑するところにござれば、額を突き合わせてのご談義はご遠慮くだされというのが、当湯の主の願いにござる」

「おのれ、われらが不逞の談義をしておると怪しんでおるか」

館山と呼ばれた着流しが今にも片膝を立て、剣を抜かんとした気配を見せた。

「元江戸家老須田満主様ご家臣の館山どの、お手前らの談義の趣、およそのことは承知しており申す」

「なにっ」

「待て、館山」

と北村東六が制した。

「そなたが経緯(いきさつ)を承知したは、野々村仁斎を通じてか」

「それは申せませぬ。だが、七家騒動に端を発して、浪々の身になられたお手前方が、能登湯の二階座敷で再興の手立てを話し合われていること、それがし、承知してございます。禄を離れた者の苦しみ、それがしも同じ憂き目に遭(お)うた者として、苦衷、お察しいたします。能登湯の主もそなた様方の工作をうんぬんしようというのではない。できれば、談合の場をどこぞに変えてもらえぬかというのが頼みにございます」

一座に沈黙が支配し、北村東六が、

「相分かった。われらがこの湯屋にての集まり、これを最後にいたす」

と一座に引き上げを命じるよう顎を振った。

「最後に訊ねる。野々村はご奉公に戻らぬ気か」

磐音はしばし答えを迷った後、

「浪人暮らしをいたしますと、その気楽さも捨て切れませぬ。あるいは……」

「承った」

北村東六らが能登湯の二階座敷から姿を消した。

「坂崎様、もはややつらは来ませんかな」

成り行きを見守っていた加兵衛が磐音の側に来て訊いた。

「まずは」

「いや、ほっとしましたよ」

と安堵した加兵衛が、

「さすがに今津屋に出入りの浪人さんだ、手際がよい」

と褒めると、

「一件落着料の一両に四百文の色をつけてございます。いえいえ、お礼などいりませんよ」

と一両と四百文を差し出した。

磐音は、

（これでは諸々考えると一両の損か）

と考えながら、頭を下げた。

四

品川柳次郎はその夜も櫓下に来ていた。

佳代の行く末を気にしてのことだ。

（本心から望んで佳代様は櫓下の裾継女郎に身を落としたのか）

佳代の自暴自棄を頭で理解しつつも、行く末を案じていた。

すでに佳代は鷲尾屋の売れっ子になっていた。絶えず客がいた。時に二人三人の客がかち合うことがあった。

どんなに忙しくても表まで客を見送りに出た。それが客には堪らなく嬉しいらしく、

「また必ず来るぜ」

と約定して客は戻った。

そんな佳代に牛太郎が、

「佳代さんよ、そうまともに勤めていたら早晩、体を壊すぜ。二朱の客に本気を出すことはねえんだよ。口先七分に身が三分、派手によがって客をその気にさせる手練手管を知らぬわけではあるまい」

と売れっ子の佳代に注意とも忠告ともしれない言葉をかけた。

小柄で華奢な佳代の体が遠目にも痩せたように思えた。

(佳代様は死ぬ気か)

柳次郎はそんなことを思いながらも、

(こればかりは打つ手がない)

と考えていた。

磐音はその夕暮れ、今津屋の帳場格子にいて、由蔵から小言を貰っていた。

「坂崎様という方には、ほとほと呆れました。いや、二両を探索に使うのは入り用な金子です、仕方ありません。ですが、その報酬に一両と四百文ばかり貰って得々としている者が、どこの世界にいるというのです。商人はそれでは一日で口が干上がります。なぜ、能登湯の加兵衛さんに探索料二両、別立てで請求しないのです」

「はあ、さほどのこともしていませんから」

「呆れた、これは呆れた」

支配人の一人林蔵が小言を聞いていて、

「老分さん、いかにも坂崎様らしゅうございますね」

と笑った。

「林蔵さん、笑いごとではありませんよ」

とばっちりで怒られた支配人は首を竦めた。

「それにしても能登湯の加兵衛さんには、このことをよおく伝えておかねばなりませんな。坂崎様のお人がよいことにとぼけるにも程があります」

とぷりぷり怒った。

おこんが奥から磬音を呼び、ようやく由蔵の小言から解放された。

「助かった、おこんさん」

「助かったじゃありませんよ。老分さんでなくとも怒りたくなります」

「商いには損をすることもあると思うがな」

「坂崎さんのは商いではないわ、人助け。だからこそ、報酬をちゃんといただかなくちゃならないのよ」

「おこんさんにも叱られたか」

しゅんとする磐音に、

「夕餉でも食べていきなさい」

とおこんが言った。

「いや、老分さんの怒りは当分解けそうにもない。今宵は早く橋を渡って金兵衛長屋におとなしく戻ろう。おこんさん、親父どのになんぞ届けるものはないか」

そうね、と台所を見回したおこんが、

「おつねさん、青物市場から蓮根をたくさんいただいたわねえ、少し分けてくださいな」

「あいよ」

と勝手女中のおつねが泥のついた蓮根を八本ほど縄に括ってくれた。

「金兵衛どの一人では多かろう」

「ならば長屋にお裾分けして」

「それがしも、貰ってよいかな」

「お好きなようにどうぞ」

とおこんに許しを得た磐音は蓮根をぶら提げて、両国橋を渡り、北割下水の品川家を訪ねた。すると母親の幾代(いくよ)が玄関先に出てきて問うた。

「おや、柳次郎は、坂崎様と一緒ではございませぬので」

「いえ。それがしと一緒と申されましたかな」

「なんでも、永代寺界隈で見張りの仕事と申して毎夜出かけておりますよ」

「品川さんに用事を頼んでおいたこと、忘れておりました」

辻褄(つじつま)をなんとか合わせた磐音は、蓮根を三本幾代に渡すと、早々に品川家の傾いた門を出た。

(なぜかまだ品川さんは佳代どのに拘(こだわ)っているようだ)

蓮根をぶら提げたまま、北割下水から深川の永代寺門前の櫓下へと急いだ。


柳次郎は、どこで都合したか、遊び代を手に握り締めた下条島次郎が鷲尾屋に揚がるのを複雑な思いで見つめていた。

佳代をまた島次郎が追い詰めていく。

柳次郎の脳裏に絶望の光景が浮かんだ。だが、柳次郎はそれを強引に打ち消した。

鷲尾屋の佳代の部屋の敷居に島次郎が立ち、部屋の中から佳代が見上げていた。

「島次郎どの、ここには二度と来てはならぬと申したはずです」

「いえ、島次郎は義姉上のところに戻ってくると約束しました」

「なりませぬ」

「島次郎は義姉上が……」

「申されるな」

佳代が立ち上がり、部屋に入ろうとした義弟を押し戻そうとした。

「義姉上」

大柄な島次郎が小さな体の佳代に抱きついた。

「島次郎どの」

佳代が身悶(みもだ)えして腕から逃れようとした。

島次郎は佳代を益々強く抱きしめると部屋に押し込んだ。

「なりませぬ。そなたと私は、義姉義弟」

「先夜は島次郎を抱いてくれましたぞ」

「そ、それは」

「島次郎は義姉上が忘れられませぬ」

島次郎の力に押されて二人は寝間の夜具の上に転がった。

島次郎が腰の大小を慌ただしく抜き取り、捨てた。

「義姉上、お情けを」

必死の叫びに佳代の抵抗が緩んだ。

島次郎の手が佳代の襟口から差し込まれ、小さな乳房を摑んだ。

「島次郎どの」

「義姉上」

二人はぐいっと互いの体を抱き締めた。

鷲尾屋の表口に野々村仁斎の長身が立った。

牛太郎がそれに気付き、あっ、という声を上げた。

「今宵は客だ。遊び代を支払えば文句はなかろう」

用意した金子を牛太郎に見せると、ぐいっと戸口から長身を見世へと没させた。

その様子を柳次郎が不安な面持ちで眺めていた。

どうすることもできないのは柳次郎も分かっていた。

（北割下水に戻れ）

と頭の中でだれかが命じていた。

だが一方で、

(これが御家人の暮らしだ、おまえの行く末だ。よく見ておけ)

と叫ぶ声もした。

島次郎は裸の体で長襦袢一枚の佳代を抱き締め、

「義姉上、私は、義姉上がわが屋敷に嫁いでこられたときからお慕いしておりました」

と叫んでいた。

「島次郎どの、そのようなことを」

「はい。私は義姉上が嫁に来られて、御家人の暮らしにも救いはあると考え直したのでございます」

「なんということを申されます」

「そうではありませぬか。兄上が病に倒れただけでうちの米櫃(こめびつ)は底をついた。味噌(みそ)も油もなくなった。それでも父上や母上は御家人が飢え死にすることはあるまいと高を括っておられた」

「言うてくださるな」

「いいえ。申します。私は義姉上が深川の櫓下で身を売られて、兄上の薬代やらお医師の診察代を支払われ、米、味噌を購われるのを承知しておりました」

「なんと、島次郎どのは私が女郎をやっていたのを承知で嫁に迎えようとなされたのですか」

「義姉上にはなんの罪もございませぬ。余りにも貧しい御家人の暮らしが罪なのでございます」

「島次郎どの」

「私は義姉上がだれよりも」

島次郎は襟口に突っ込んだ片手で、ぐいっと胸を開き、小さな乳房にむしゃぶりついた。

「と、島次郎どの」

佳代が瞑目して身悶えた。

そのとき、佳代の部屋に別の人間の気配がした。

佳代が目を見開き、

「お、おまえ様は」

と驚きの声を上げると、体の上に跨る島次郎を突き放そうとした。

だが、島次郎は佳代の体にしがみついて離れようとはしなかった。

「麗しい光景と言っておこうか」

「なぜこの部屋に立ち入られた」

島次郎から逃れようとしながら佳代が叫び、ようやく島次郎も第三の人物の気配に気がついて振り向いた。

「わあっ！」

と叫んだ島次郎が、

「そ、そなたは何者か」

と問うた。

「義姉と義弟が乳繰り合って悪いこともないが、佳代、おれの前ではちと酷だぞ」

「客ならば静かにお待ちなされ」

覚悟を決めたように佳代が身繕(みづくろ)いをすると言った。

「おれとおまえは、一度は二世を契った仲だぜ」

「言うな！」

裸の島次郎が刀を摑んだ。

「やめておけ。貧乏御家人でも家を廃絶された辛さには敵わないぜ」

野々村仁斎の言葉を、御家人を揶揄する侮蔑と受け取った島次郎は、

「おのれ、そこに直れ！」

と抜き打ちで野々村の足元を横に薙いだ。

余裕を持って飛び下がった野々村が、

「そのような腕で当流の野々村仁斎に勝てると思うか」

と叫び返した。

騒ぎを聞きつけた牛太郎らが階段を駆け上がってきた。

「斬る！」

頭に血が昇った島次郎は立ち上がると、抜き打った剣を八双に構え直した。

「島次郎どの、やめなされ！」

佳代の声を背中に聞いた島次郎は八双の剣を頭上に突き上げるようにして、野々村に殺到した。

「見たか！」

と叫んだ島次郎が、突き上げた剣を振り下ろした。

それが鴨居に食い込んだのと、野々村仁斎の居合いが小さく鋭く振るわれて、立ち竦んだ島次郎の裸の腹を両断したのが同時だった。

「島次郎！」

佳代の叫びは義姉のそれだった。

「お、おまえ様は」

と佳代が野々村仁斎を睨みつけると、野々村が血振りをくれた剣を下げたまま、
倒れ込んだ島次郎の体を飛び越え、佳代の手を、
ぐいっ
と摑んだ。

「佳代、こうなりゃあ、地獄に一緒に行ってもらうぞ」

廊下では牛太郎たちが呆然と部屋の惨劇を見ていた。

「どけ、どけっ！　叩っ斬るぞ！」

野々村が佳代の手を引き、戸口に立つ牛太郎らを血刀で分けた。

「わああっ」

と牛太郎たちが左右に散った。

野々村はぐいぐいと廊下に出ると、階段に立つ若い衆が匕首(あいくち)を構えたのを見た。

「通さねえ。佳代の手を放せ」

野々村はそれには答えず進んだ。

「野郎！」

と匕首を腰溜めにした若い衆が飛び込んでくるのを、野々村は無造作に提げた血刀で足から腰へと斬り上げた。

げえぇっ！

若い衆は障子に身を飛ばされるようにぶつかり、部屋に転がり込んで痛みに呻いた。

「行くぞ、佳代」

野々村は佳代の手を左手で摑んで階段を駆け下った。

柳次郎はそのとき、鷲尾屋の表戸の前に立っていた。見世の中で騒ぎが起こっていた。それが佳代を巡る騒ぎだとは容易に想像がついた。

（どうしたものか）

先夜、磐音と柳次郎は野々村仁斎と深川寺町で出会っていた。

その帰り道、磐音が、

「野々村仁斎どのはなかなかの遣い手です」

と感想を洩らしたのだ。

柳次郎も野々村と対面したとき、剣の腕ではまったく歯が立たぬことを直感していた。

そんな逡巡の柳次郎の前に突然、野々村仁斎が血刀を提げ、佳代の手を引いて姿を見せた。

「佳代様」

柳次郎が思わず叫んでいた。

「なんだ、おまえも佳代の客か」

青みを帯びた野々村の顔が吐き捨てた。

「客ではない。同じ北割下水の住人だ。なにが起こったか知らんが、野々村どの、そなたの勝手に佳代様を付き合わせるわけにはいかぬ」

「おれと斬り合いをしようというのか」

「腕の差は承知だが、貧乏御家人にも意地がある。そなたの言いなりにはなりたくない」

柳次郎は剣を抜き、正眼に構えた。

「ほう、覚悟を決めたか」

野々村が佳代の手を放し、剣の柄を両手で握り締めた。

「参る！」

「来い」

柳次郎が正眼の剣を引き付け、飛び込もうとしたその直前、

「品川様、おやめください！」

と佳代が飛び出し、野々村の剣が佳代の背中を深々と割ってきりきり舞いに倒した。

「な、なんということを」

品川柳次郎は決死の覚悟で構え直した。

その瞬間、背に足音が響いて、坂崎磐音が走り寄ってきた。

「品川さん、代わろう」

「坂崎さん」

柳次郎がちらりと磐音を振り向き、泣きそうな顔を見せた。

「この者の相手はそれがしに任せてください」

柳次郎が剣を引くと、倒れ込んだ佳代を抱いた。

鷲尾屋の戸口から通りに進んだ野々村が言った。

「湯屋の後見がまた顔出しか」

「佳代どのを斬られた所業、許し難し」

「当流居合いの一手、野分、見事受けてみるか」

足場を固め直した野々村仁斎が血刀を鞘に戻した。

当流とは、寛永年間（一六二四～四四）に片山伯耆守久安が興した伯耆流の別伝の居合い術だ。

磐音は、おこんが持たせた蓮根を右手に提げたまま立っていた。

鷲尾屋の中から牛太郎らが出てきて、新たな展開に身を竦めた。

「神保小路佐々木玲圓門下の直心影流、どれほどのものか見て遣わす」

「秘剣野分、拝見つかまつる」

二人の間合いは一間となかった。

磐音は相変わらず蓮根を括った縄を右手に摑み、両足を幾分開き気味に立っていた。

野々村は両拳を左右の腰にだらりと垂らして磐音を見ていた。

柳次郎は腕の中の佳代から体温が徐々に奪われていくのを感じながら、二人の戦いを見つめていた。

佳代がなにか言いかけた。

その瞬間、野々村仁斎の手が急流を遡る鮎のように躍った。

鞘に手がかかり、刃が鞘の中を走る音が、
ひゅっ
と野分の風音のように響いた。

後の先。

磐音の手から蓮根が落ちた。

野々村の刃の下に突進しながら大包平二尺七寸の半分を抜くと、深川櫓下の薄闇を斬り分ける。

「野分」

を抜き止めた刃でぴたりと止めた。

「おのれ！」

野々村が止められた刃を引こうとした。が、真綿に包まれたようで、寸毫も動かなかった。

磐音と野々村が一瞬視線を交錯させ、直後、野々村の剣が動きを取り戻した。

が、半ばしか抜き上げられていなかった備前包平が、

するり
と二尺七寸の刃身を見せると、後退しようとした野々村の腹部を深々と斬り割っていた。
うっ
野々村仁斎の動きが止まり、やがて崩れ落ちていった。
「し、品川様、ご迷惑を……」
佳代が洩らし、がくりと体から力が抜けた。
櫓下に柳次郎の哀切（あいせつ）の泣き声が響いた。

第五章 極月王子稲荷

一

坂崎磐音は六間堀町と隣り合う深川元町に入っていった。

深川元町は、小名木川の北側に三か所に分かれて小さく散っていた。

その一つが新大橋の左岸で、御籾蔵と紀伊和歌山藩の拝領屋敷に挟まれ、東は六間堀町、前は大川の流れという立地だ。町内の坪数二百三十八坪と、ここもまたさほど広いところではない。

南町奉行所定廻り同心木下一郎太から使いが来て、昼過ぎに元町の御用聞き佐吉の家で会いたいと伝えてきた。

そこで着流しに大小を差し落としただけの姿で隣町に向かった。

佐吉親分とは二度ほど御用の現場で声をかけ合ったことはあるが、地蔵の竹蔵親分ほどの深い付き合いはなかった。

だが、深川櫓下の一件では佐吉親分の手を煩わせ、木下一郎太が出張って始末をつけてくれたのだ。

にもかかわらず磐音は、これまで佐吉親分の住まいがどこにあるか知らなかった。そこで長屋を出るときに大家の金兵衛に訊いて、およその見当はつけていた。

「ほう、こんなところに」

目当ての白木の格子戸は、紀伊中納言様の拝領屋敷の壁に接するようにあった。間口は五間余だが、奥行きが深いようで、格子戸の内側には小体な庭があった。

「御免」

と声をかけると佐吉の手下が飛んできて、

「どうぞお入りになってくだせえ。木下様もお待ちでございます」

と応じた。

顔見知りの一郎太の小者も顔を覗かせた。

御用聞きは地蔵の親分のように蕎麦屋を兼業したり、湯屋で生計を立てたりしていることが多いが、佐吉は町奉行所の御用だけを務めているようだ。

玄関口の畳の間に佐吉の姿があって、

「ようこそおいでくださいました」

と迎えてくれた。

「近くに住みながら無沙汰(ぶさた)をしております。また過日は……」

と腰を屈めて挨拶しかける磐音に、

「坂崎様、無沙汰はお互いです。ささっ、まずは上がってくださいな」

と奥へ招き上げられた。

一郎太は、神棚のある居間の長火鉢(ながひばち)の前に座っていた。

「たまには違った場所で会うのもいいかと思いまして、佐吉の家に来てもらいました」

「いえね、隣町にお住まいでありながら、なかなか顔を合わせる機会がございませんので、旦那にもどてらの金兵衛さんにもお引き合わせをお願いしていたんですよ」

と佐吉が笑った。

「まさかこのように近い場所に親分が一家を構えておられるとは、夢にも思わなんだ」

「そんなこっちゃねえかと思っておりました。なにしろ坂崎様の周辺ではいつも風雲急を告げることが多いというのに、法恩寺橋の竹蔵親分のところばかりで、わっしのほうにはお呼びがかからねえ。これでは代々の御用聞きも形無しで、先祖にも申し訳が立たない。櫓下でお目にかかったのを機に木下の旦那にお願いしたんでさ」

と佐吉が苦笑いした。

「これからは、なんぞあればこちらにも駆けつけよう」

と磐音も笑った。

「佐吉、地蔵と仕事が続いたのは成り行きだ。そう責めるな」

と一郎太も頭を掻いた。

「いやね、佐吉に言われて、そうか、坂崎さんは佐吉の家をご存じないのかと気がついた次第です。これをご縁にご昵懇の付き合いを」

と執り成した。

「木下どの、親分さん、過日は世話になりました」

磐音は改めて、深川櫓下の鷲尾屋の騒動の始末をつけてくれた木下一郎太と佐吉親分に頭を下げた。

「あの一件ですがね、浪人野々村仁斎として処理されました。なにしろ未だ御家人の内儀の身分の佳代を殺し、鷲尾屋の若い衆に大怪我させております。表沙汰にして、元上杉家江戸家老の家来ということになれば、上杉家にもまた下条家にも面倒がおよびます。そこで笹塚様がお出ましになって、うやむやのうちに始末されたというわけです」

「笹塚様には馴れたお仕事だ」

「実入りがどれほどあったかは知りませんが、坂崎様に言伝です」

一郎太が笑った。

「なんでしょう」

「野々村仁斎との勝負、慈悲であったと申されました」

磐音はただ頷いた。

「野々村が生きて縄目の恥を受けるようなことがあれば、上杉家は今頃上を下への大騒ぎでしたよ」

「お家再興を画策なさる七家の方々にお咎めはございませんでしょうな」

「上杉家としても今はなんの手の打ちようもないでしょう。一方、七家側としても動きがつかなくなったのは確かだ」

七家騒動を機に米沢藩では、備荒貯蓄制度を設け、漆(うるし)・桑・楮(こうぞ)の植栽事業などを推進して、藩財政再建に必死の取り組みを始めていた。

この一件、豊後関前藩のことを思うと、磐音にとっても気が重く、気がかりなものであった。

「今ひとつ、笹塚様がこう申されました。嫌な思いをさせた坂崎磐音に苦労賃をと考えぬではないが、こたびは我慢せよと」

磐音は黙って頭を下げた。

用件は終わった。

一郎太は見廻りに戻るという。

「いいですかい、たまには茶でも飲みに寄ってくださいよ」

と念を押された磐音も共に佐吉の家を辞去することにした。

一郎太は新大橋を渡るという。

「坂崎さんは長屋に戻られますか」

「今日は今津屋どのにも呼ばれております」

「ならばご一緒しますか」

師走の橋上には冷たい風が吹きつけていた。

「今年は大きな火事もなく穏やかに年が暮れそうですね」

「師走も初旬ですからね、騒ぎが起こるのはこれからですよ」

一郎太にはなにか気がかりがありそうな言い方だ。

「なんぞご懸念でも」

「いえね、馬鹿馬鹿しい訴えがこのところ続いていましてね」

肩を並べた若い同心が顎を撫でた。

「なんですか、馬鹿馬鹿しいとは」

「さすがの直心影流も出番はありませんよ、狐火ですから」

「狐火」

磐音は思わず足を止めた。

「いえね、王子稲荷でこのところ毎夜狐の行列が見られるというので、それを見物に大勢の人が王子田圃に集まるらしいのです」

「それはまた」

磐音も言葉に窮した。

二人は再び歩き出した。

一郎太は市中巡察が仕事の定廻り同心で、磐音も長身で大股で歩く。

二人はゆったりした歩みのようでいて、次々に同じ方向に向かう人々を追い越していった。

「大晦日、王子稲荷には関八州の狐が集まり、官位を定める会合を行うのです。毎年、この時期になると狐火が見られるそうですが、今年はまたえらく頻繁だとか。あの界隈では土地の住人はひっそりと息を潜めている者がいるかと思うと、反対に江戸から見物に繰り出して騒ぐ者もいて、なにかと落ち着かないのだそうです」

「町奉行所には狐の訴えもくるのですか」

「糞尿の始末から狐火まで、それはそれはありとあらゆる訴えがきますよ」

一郎太が苦笑いした。

「いえね、笹塚様は狐火騒ぎに乗じて火付け強盗でもなければよいがと心配されているのです」

「ご苦労にございますな」

新大橋を渡り切った二人は、屋敷町を抜けて大川端まで歩き、薬研堀近くで別れた。

磬音は大川から引き込まれた薬研堀の水門に架かる難波橋を渡って、両国西広小路の南側に出た。

さすがに師走、広小路を行き交う人は忙しそうだ。

今津屋は相変わらずの繁盛ぶり、客で込み合っていた。店の前には駕籠が止まって、陸尺(ろくしゃく)たちが所在なげに主(あるじ)を待っていた。

店を覗くと小僧の宮松が、

「あっ、坂崎様、いらっしゃいませ。老分さんは奥座敷でお客様の応対ですよ」

と教えてくれた。

「ならば台所で控えていよう」

台所は夕餉の仕度で慌ただしさを増そうとしていた。

おこんが奥向きの料理のことで勝手女中のおつねらにいろいろと注文をつけていたが、

「おや、いらっしゃい」

と磐音に気づいて振り向いた。

「老分どのの勘気は未だ解けてはおらぬか」

「能登湯の一件ね。当分解けそうにないわよ」

「それは困った」

「だって、新たに深川櫓下で大騒ぎがあったというじゃない。それにも坂崎さんは関わっていたんでしょう」

「もう知られていますか」

「木下様が老分さんに話していかれたわ」

「それは困った」

と同じ言葉を繰り返した磐音は、

「深川櫓下の一件は、能登湯と関わりがありそうでないのだがな」

と言い訳するように呟いた。

「老分さんがおっしゃっていたわ。坂崎様を他人に紹介するものではない、あれではなんのための仲介か分からないって」

「ご期待に添えなくて申し訳ない」

と意気消沈した磐音は、

「おこんさん、今日の御用は能登湯の続きかな」

と訊いた。

「いいえ、それは違うから安心して」

「そうか、叱られるのではないのか」

安心した磐音は板の間の一角に座った。

そこには丸火鉢に炭が熾り、鉄瓶がちんちんと鳴って湯気を立てていた。

「お汁粉があるけど食べる」

「久しく食べておらぬ。いただきます」

おつねが二人の会話を聞いていておこんに、

「温め直しますか」

と訊いた。

「おつねさん、それがし、冷たい汁粉も好きです」

「餅を焼く間くらい待てるでしょう」

おこんが火鉢に網をのせて短冊に切ったのし餅を炙り、椀に盛られた汁粉に入れて出してくれた。

「いただきます」

寒い中、歩いてきた磐音には、今津屋の台所の温もりと冷たい汁粉と焼きたての餅がなんとも心地よく、口の中に適度な甘さが広がって美味だった。

磐音が汁粉二杯を平らげたとき、由蔵が台所に顔を見せた。

「過日は老分どのにご迷惑をおかけいたし、なんともお詫びのしようもござらぬ」

磐音が平伏して頭を下げると、

「坂崎様、そうそう頭を下げられては私が因業かと思われます。もうあの一件はなしにしましょう」

「忘れていただけるのですか」

「こちらが気を遣っても、坂崎様は損な役ばかりを引き受けられますでな、怒り甲斐もございません」

「まことにもって申し訳ない」

二人の様子を、おこんやおつねたちが笑いながら見ている。

「深川櫓下の一件を含めて始末料五両、能登湯の加兵衛さんが届けて参りました」

と由蔵が包みを出した。

「なんと申されます。もはやあの礼はいただいております」

「坂崎様、能登湯は金がないところではないのです。一日の上りが五、六両にはなろうという湯屋です。金を集めるだけでは世の中のためにならぬと木下様が加兵衛さんの耳元に囁かれましたので、慌ててうちに届けて参りました」

「能登湯は災難でした」

「なんの、騒ぎが深川櫓下ではなく能登湯であったと考えてごらんなさい。こんな端(はし)た金(がね)では収まりませんよ」

と由蔵が言い切った。

磐音は由蔵から紙包みを渡された。

「有難く頂戴いたします」

と押しいただいた磐音に、

「そこでと、私も口利(くちき)き料をお願いしましょうかな」

「おおっ、忘れておった。いかほど払えばようござるか」

呆気(あっけ)にとられた由蔵が磐音を見た。

「本当に呆れた御仁だ。冗談を真に受けられる方がありますか。私が申す口利き料とは、明日、私とおこんさんの供をしてもらうことです」

「どちらへお出かけにございますな」

「王子稲荷に新しい幟(のぼり)を納めに参ります」

「王子稲荷とはまた」

磐音は木下一郎太の話を思い出して驚いた。

「なんぞ王子稲荷と関わりがございますのか」

いえ、と返事した磐音は、先ほど聞いたばかりの話を告げた。

「私もねえ、狐火のことは聞きましたよ」

と由蔵が言い、おこんが、

「それで老分さんたら、坂崎さんを連れていこうというの」

「まあ、ちょいと気がかりでね」

と答えた由蔵は、

「うちの庭に稲荷社があるのをご存じですかな」

「いえ、気がつきませんでした」

「蔵と蔵の間に鎮座しておられますからな」

と言った由蔵は、

「このお稲荷様、王子のお狐様の末社でしてな。うちでは毎年暮れ前に、旦那様か私が、関東の稲荷神社の総社たる王子稲荷に詣(もう)でて、一年の商いの無事をお願いする習わしがございます。今年、旦那様は喪中ゆえ、遠慮すると言われるので、私とおこんさんが名代(みょうだい)で行くことになったのです」

「朝早い出立ですか」

「一晩向こうでお籠もりしますので、昼前に出ればよいでしょう」

磐音は宮戸川の仕事を休まねばならぬかと心配したのだ。

昼前の出立ならば、宮戸川は翌日一日休むだけで済む。そんなことを考えているとおこんが、

「私、狐火なんて見たことがないわ」

と言い出した。

「おこんさん、あんなもの見るもんじゃねえ。祟りがあるだよ」

といい、おきよが言い出した。

「だっておきよどん、狐火って、ほんとに狐が灯りを点して行列するのかしら。だれかの悪戯だと思うな」

「うんにゃ、おらは田舎にいる時分見ただ。ありゃ、ほんとにお狐様が行列するだよ。いいかえ、決して見たいなんて思っちゃなんねえ。魂を抜かれるぞ」

おきよが真顔で注意した。

磐音は夕餉を今津屋でご馳走になり、明日四つ（午前十時）前に旅仕度をしてくることを約して今津屋を出た。

磐音は両国橋を渡り、足を北割下水に向けた。

深川櫓下で品川柳次郎と別れた後、会っていなかった。

姉のような存在だった佳代の生き方と死は柳次郎に衝撃を与えていた。それが気がかりであったからだ。

柳次郎は母親と二人して袋張りの内職に精を出していた。

「品川さん、お元気か」

「先日は醜態を晒しました」

柳次郎が頭を下げた。

「なんの、醜態など晒しておられません。佳代どのを思う気持ちに心を打たれました」

磐音は明日から一夜泊まりで王子稲荷にお籠もりに行くことを告げると、

「老分どのが能登湯から、始末料として新たに五両受け取られたそうにございます。それがしには思いがけない金子、手伝っていただいた品川さんの分を持参しました」

と二両を差し出した。

「私はなにもしていません」

「それを申されるな。佳代どのにお線香なりと上げてください」

磐音は小判を柳次郎の手に押し付けた。

「頂戴してよろしいので」

「二人でしのけたことです」

「暮れにきてほんとに助かります。母上に足袋か半襟でも買ってあげなければな」

と柳次郎が顔に笑みを浮かべた。

二

由蔵におこん、それに奉納する大幟を背負った手代の保吉と磐音の四人は、大勢の奉公人に見送られて今津屋を出、浅草御門から神田川を渡った。

一行は御蔵前通りから浅草寺へと進み、山谷堀から駒込、新堀村へと抜けて、田端村から飛鳥山、王子稲荷へと向かう予定だ。

出立の朝まで由蔵だけは駕籠で行く予定であったが、穏やかな日和に、

「私も歩いて参ります」

と当人が言い出した。

普段、店の帳場格子の中に座ってばかりで歩く機会の少ない由蔵だ。天気がよいなら歩きたいという気持ちも分からないではない。そこで疲れたら駕籠を頼もうと話が決まって、由蔵も徒歩になった。

「店を離れただけで爽快(そうかい)な気分になりますな。いえ、私は仕事が嫌だと言っておるのではありませんよ」

由蔵が弁解しなくても、

「今津屋の老分は両替屋と所帯を持った」

と店の出入りの人たちに噂(うわさ)されているくらい仕事熱心だ。だからこそ、主の吉右衛門が命じ、王子稲荷社に名代に行かせることで、仕事を休ませたのであった。

御蔵前通りでは、

「老分さん、どこぞへ旅かえ」

「由蔵さん、供が供だ。吉原に昼遊びというわけではなさそうだ」

などと顔見知りの番頭や駕籠かきが声をかけてきた。

「この年で吉原の昼遊びとはいくまい。王子に狐火の見物ですよ」

「狐に尻の毛、抜かれねえでくださいよ。尤(もっと)も、王子が狐なら広小路の老分は古狸(ふるだぬき)だ」

「余計なお世話です」

昼前の山谷堀はどこか長閑（のどか）だった。

磐音は仮眠に就いている北の遊里を見ながら、

（奈緒は息災であろうか）

と心の中で奈緒の壮健を祈った。

そんな複雑な心中を由蔵もおこんも察したか、土手に射す師走の陽射しや山谷堀を行き交う舟を見ながら黙って足を進めた。

谷中天王寺中の門前を抜けると、辺りの光景は急に鄙びてきた。

新堀村は享保（きょうほう）期（一七一六～三六）頃から日暮しの里と呼ばれ、文人墨客が競って茶室や庵（いおり）を構えたところだ。

「おおっ、これはなんとも心が洗われますな」

由蔵は孤鳥（こがらす）が木に止まる冬枯れの日暮しの里の光景に嘆声を上げた。

一行は石神井（しゃくじい）川から分流する小川に沿って北西へと歩を進めた。左手は新堀村から飛鳥山、滝野川村へと繋がる段崖（だんがい）だ。

「老分どのはなかなかの健脚でございますな」

由蔵は磐音が考えたよりも足腰がしっかりしていた。

「手代時分までは一日十里を行って御用を済まし、その足で店まで帰ってきたほどでな、まだまだここにいる手代さんなどには負けませんよ」

由蔵が胸を張った。

「老分さんがお元気なのはようく分かりました。ですが、年寄りの冷水という言葉もございます。あそこに茶店が見えてまいりました。少し休んで参りましょうか」

おこんが田端村の小さな辻に客を待つ茶店を指した。

両国西広小路から一刻（二時間）余り歩き続けていた。

「喉も渇きました。休みますか」

奉納の赤幟を背負う保吉が吐息を洩らした。

「保吉、その程度の荷が重いですかな」

「いえ、老分さん、これは私めの癖にございます」

「お店者(たなもの)にそのような癖があってはお客様に不快を与えますぞ。今のうちに直しなされ」

と注意を受けて、

「申し訳ございません」

と謝った。

「老分どのは耳もまだまだ健在ですね」

「坂崎様、歳を取ると耳も遠くなり、目も霞みます。それが不安で、勘でいろいろと感じますでな、油断はできませんぞ」

「それがしも肝に銘じておきましょう」

道端に出された縁台に極月の光が散っていた。

「ちょいと休ませてくださいな」

おこんの声に、腰の曲がった老婆が出てきて、

「金輪寺の寺参りか、王子稲荷のお狐様のご機嫌伺いかのう」

と言うと、奥に向かって、

「江戸の暇人のご入来じゃ。出がらしの茶を持ってきなされ！」

と大声を張り上げた。

「おばば様、おいくつになられますかな」

由蔵が毒舌の老婆に訊いた。

「当年とって八十五歳じゃ。おめえさんなんぞは年寄り面しているが、まだまだ青二才だな」

由蔵もさすがに呆気にとられて、

「八十五歳では、おばば様の足元にも及びませんな」

と尻尾を巻いた。

「おばば様、なにか食べられるものがございますか」

「食べられるものじゃと。なにを言うか。うちの名物は手打ちうどんに味噌田楽じゃあ。一度食べると十年は長生きするぞ」

老婆の話を聞いた由蔵が、

「ちょいとお昼には早いが、名物を食していきますか」

と昼餉をとることにした。

おこんが、うどんを四人前と味噌田楽を六人前注文した。若い保吉と磐音がそれぞれ味噌田楽二人前らしい。

「老分どの、お籠もりとはどういうことをするのでございますか」

磐音が茶を一口啜って訊いた。

「その昔は、石神井川両岸にある弁天・不動・稲荷・大工・見晴・権現・名主の七滝で身を清め、御堂に一夜お籠もりして家内安全商売繁盛を祈願したのでしょうが、近頃では雲集する茶屋に泊まって、酒を飲んで過ごされる方も多い。まあ、物見遊山です。うちは、毎年王子稲荷社に参って、境内の宿坊に泊まり、朝のお勤めにご一緒させてもらいます。それを昔どおりにお籠もりと呼んでいるのですよ」

　と説明した由蔵は、

「おこんさんも保吉も王子稲荷は初めてかな」

　と訊いた。

「初めても初めてですよ」

　と二人が口を揃えた。

「王子稲荷は、遠くは岸稲荷と称されていたらしい。いえね、王子村は昔、岸村と呼ばれていたからです。荒川の岸の村で岸村、その稲荷社で岸稲荷というわけです。神社の沿革ははっきりしませんが、源頼朝が義家の兜や薙刀を奉納したのが始まりとか。私が考えるに、暴れ川の荒川を鎮撫するために建てられたものでしょう。だから、格別に氏子というのがいないのです。江戸の講中とか、私どものような商人、町人一人ひとりの善意に支えられた稲荷社なんですよ」

　味噌田楽の匂いがぷーんとして名物が運ばれてきた。運んできたのは先ほどの老婆と孫のような娘だ。

「青二才じゃが、物知りじゃのう」

と由蔵を褒めた老婆が、

「ともあれ、王子稲荷の社に一歩踏み入れば、遥かに都下をはなるるといへども、常に詣人絶えず。山紫水明の地とは、稲荷の杜や流れを称えたものだな、まあ、命が洗われることは確かじゃ。とくと見物していくがよい」

と自慢した。

「それは楽しみにございます」

とおこんが老婆に口を合わせ、磐音たちは匂いに誘われて味噌田楽を頰張った。

「おおっ、これは美味しい」

と叫んだのは由蔵だ。

磐音の口内にも野趣豊かな味噌と山椒の香が広がり、豆腐の硬さがなんともほどよいものだった。

磐音と保吉は夢中で二人前の味噌田楽を平らげた。

「二人前でも足りなかったかしら」

「いえ、うどんが参りますから」

と保吉が応じたとき、茶店の前を通り過ぎようとした無骨な浪人集団が、

「腹も空いたし、喉も渇いた。田舎の茶店ゆえ食べるものとてなかろうが、一休みして参ろうか」

と茶店に入ってきた。

汗臭い連中は六人。無遠慮にもおこんが食べる味噌田楽をじろじろと見て、よだれでも垂らしかねない顔付きだ。

「ばあさん、われらは王子稲荷に狐退治に参る途次のものだ。酒と、なんぞ食う物をくれぬか」

頭分の大兵が怒鳴った。

「お狐様の退治じゃとぬかすか！」

老婆が曲がった背中をぐいっと伸ばした。

「おおっ、われら裏伝馬町の深甚流深井市右衛門様の門弟でな、江戸を騒がす狐を生け捕りにして、浅草奥山にでも叩き売ろうという所存だ。先生はすでに先行しておられるわ」

「馬鹿をぬかせ！」

老婆が叫んだ。

「王子の狐は荒川の守り神じゃ。関八州の稲荷神社の総司のお狐様を生け捕りにするだと。馬鹿も休み休みぬかせ！」

と怒鳴った老婆が、

「おはな、塩を持ってこい」

と奥に命じた。

「ほうほう、これはなかなかの見物」

由蔵は愉快そうに笑って老婆と浪人たちを見ていた。

「なんと申すか。われら客を捕まえて馬鹿と申したか」

「おおっ、言うたわ。罰当たりめが！」

奥から出てきたおはなと呼ばれた娘が、塩の壺を手に立ち竦んでいた。

「おのれ、老婆ゆえに大人しくしておれば」

「王子に行ってもお狐様の祟りがあるぞ。このまま江戸に戻れ戻れ！」

と言い負かされた大兵が、騒ぎを嬉しそうに見物する由蔵に狙いを変えた。

「おのれはなにがおかしい。先ほどからにやにやと笑うて見物か」

「これは失礼いたしましたな、おばば様の申されること、尤も至極と、つい口元が緩んだようでございます。お許しください」

由蔵が白髪頭を下げた。

「武士に向かって冷笑を送るとはどういうことか。許せぬ」

大兵は由蔵を大店の主か番頭と考え、

（これはよき鴨）

と考えたようだ。

「どうせよと言われますので」

「小汚い茶店がわれらに飲食をさせぬ以上、どこぞでわれらは昼餉をとらねばならぬ。その代価を支払え」

「おやおや、今度はこちらに矛先を変えての強請りにございますか」

「強請りと申したな」

大兵が仲間たちに合図した。

ばらばらと由蔵を囲んで腕を取ろうとしたとき、老婆がまた叫んだ。

「うちの客人に指一本でも触れてみよ。このおときばあ様が許さぬぞ！」

大兵の半分にも背丈が満たない老婆のおときが間に割って入った。

「都村、二人とも連れ出せ」

大兵が仲間に命じた。

仲間の一人がおときばあさんの手を摑んだ。

それを磐音がやんわりと解き、仲間の侍を押し戻した。どこをどうとられたか、抵抗のしようもない関節技だ。

「お年寄りの言われることはお聞きになるものです」

磐音がのんびり言いかけた。大兵がじろりと磐音を見ると、

「なんだ、おまえは。こやつの連れか」

「はい。供の者にございます」

「町人が浪人者を供にするとは、いよいよ胡散臭い爺だ」

大兵が一段と張り切った。

「深甚流深井先生のお名に関わります。どうか本日のところはお静かにご退去くだされ」

立ち上がった磐音が腰を折り、頭を下げた。腰に脇差が差し落とされているだけで、備前包平は縁台に置かれてあった。

その襟首を大兵の手が摑んだ。

「供か用心棒か知らぬが、いらぬお節介だ」

大兵が片手で摑んだ磐音の襟首を、大力で手元に引き寄せようとした。

磐音はその力を利用して前へ、

すすっ
と腰を折ったまま進み、大兵の背後に回り込むと、脇から両腕で腰を軽く抱えて横に振った。

大兵の体が、
ふわり
と舞でも舞うように横に大きく飛び、地べたに転がった。

「おのれ！」

と怒りに顔を染めて立ち上がった大兵が、

「根尾勘右衛門を愚弄しおったな！」

といきなり六尺余三十貫にふさわしい大剣を抜き放った。

「みなの衆、馬鹿浪人が人斬り包丁を抜いたぞ！」

おときばあさんが叫んだ。

往来する人々がすでに集まって騒ぎを見つめていた。

「坂崎様、刀を」

と由蔵が縁台から差し出すのを、

「おこんさん、茶店の心張棒を借りてください」

と頼んだ。するとおこんより先におときが機敏に動き、

「ほれ、これでよいか」

と四尺に満たない心張棒を差し出した。

「お借りします」

「剣を抜け！」

根尾が叫んだ。

「私どもは王子稲荷にお籠もりに行く身です。血腥い姿ではお狐様も嫌がられる」

磐音の言葉が長閑に田端村の茶店に響いた。

「よし、地獄に行って後悔するようになっても知らぬぞ」

根尾は中段に無骨な剣を構えた。

磐音は心張棒を正眼に置いた。

根尾の仲間は遠巻きに囲んでいたが、だれもまだ剣を抜いてはいなかった。

根尾の腕を信じてのことだろう。

「そなた、流儀を訊いておく」

「直心影流を少しばかり」

「ほう、直心影流とな。師匠はたれか」

磐音は少しばかり迷った末に、

「神保小路の佐々木玲圓先生にございます」

と名乗った。

「なにっ、佐々木道場の門弟か」

佐々木玲圓の道場は荒稽古で知られ、江戸ではどこの道場にも一目置かれる存在だった。

根尾は驚きの声を発すると、気合いを入れ直すように中段の剣を右肩に引き付けて立てた。

磐音は不動のままに立っていた。

威圧も殺気も漂わせることなく、ただひっそりと立っていた。

「おうっ！」

八双の剣が怒濤の進撃とともに磐音の左肩へと落ちてきた。

磐音が、

ふわり

と前進したのはそのときだ。

正眼の心張棒が、突進してくる根尾の拳に一見長閑に伸びていって、軽く、
ぱしり
と叩いた。

根尾の手から剣が飛んで落ちた。

根尾はなぜこうなったか、理解がつかぬように立ち竦んでいた。

居眠り磐音の居眠り剣法の真骨頂だ。

「お引き取りくだされ」

磐音の声に、
はっ
とした根尾が慌てて剣を拾った。だが、手首が痺れているのかうまく拾えなかった。それでも剣を摑んだ根尾が、

「油断いたした。次は許さぬ！」

と虚勢の言葉を残すと仲間たちに、

「行くぞ！」

と命じた。

一行は走り出すように王子稲荷へ向かって野良道を消えた。

見物の衆から拍手が湧いた。

「ご苦労にございました」

由蔵が言い、

「おまえさん、強いな。気に入った！」

とおときばあさんが叫んだ。

「おばばどの、それよりも腹が空きました。うどんを食べさせてくだされ」

「おはな、温め直してな、このお侍の丼(どんぶり)には生卵を落としなされ」

と命じたものだ。

三

別当金輪寺の王子稲荷の境内は、千八百八十六坪、王子権現の摂社(せっしゃ)であった。

門前には茶屋が軒を連ね、お参りをしてきた講中の人たちが酒を飲んだりしている気配が表まで伝わってきた。

敷地に沿って疎水が流れ、板橋を渡って惣門を潜ると、鳥居のある広場に出た。

そこにもかなりの数の参詣人が見られた。

本社へ上がる石段が二つ並んでいて、石段の左右には江戸の町人や近隣の百姓衆から寄進された燈籠（とうろう）やお狐様の石像が林立して、なかなか壮観だった。
一行は右手の石段を登り、本堂に向かった。
王子稲荷の祭神は、元々荒川鎮撫の祈願から、
宇迦之御魂（うかのみたま）神
宇気母智之（うけもちの）神
和久産巣日（わくむすび）神
の三神であった。
四人は王子稲荷の本堂に上がり、新しく作った、
正一位王子稲荷大明神
と赤地に白く染め抜かれた大幟を奉納、今津屋吉右衛門から預かってきた祈禱（きとう）料を納めて、ご祈禱を受けた。
社殿の横手の小高い山の頂にはお稲荷の祠（ほこら）が祀（まつ）られてあり、山道が延びていた。
磐音たちは由蔵の腰を押して急な山道を登り、山のお稲荷様に拝礼を済ませた。
「刻限は七つ半（午後五時）過ぎですかな」
由蔵は吉右衛門の名代を無事務めて、ほっとした顔をしていた。

さすがに関八州の稲荷社の総社だけあって、この刻限になっても詣でる人が後を絶たない。

だが、大半は日帰りか、飛鳥山に多くある旅籠に泊まって、狐火を見物しながら精進落としをする人が多いようだ。

由蔵は磐音たちを、石神井川対岸の正受院の宿坊に案内した。

王子村の界隈は深山幽谷の趣を見せ、起伏に富んで岩棚から何本も滝が流れ落ちて、清浄の神域にあることを教えてくれる。

「寒いわねえ」

おこんが思わず身を縮めたように、宿坊に向かう道には冷気が漂っていた。

「この冷気は不動滝から伝わってくるのですよ、おこんさん」

由蔵は宿坊に行く前に、初めての三人を不動滝の見物に連れていった。

〈泉流滝とも云。正受院の本堂の後、坂路を廻り下る事数十歩にして飛泉あり。滔々(とうとう)として峭壁(しょうへき)に奔(はし)る。此境は常に蒼樹蓊鬱(そうじゅおううつ)として白日を支え、青苔(せいたい)露なめらかにして、人跡稀なり〉

と後年刊行される『江戸名所図会』は解く。

滝の落ち口の上には注連縄(しめなわ)がかかり、寒さを厭(いと)わず縁台に座って茶を喫し、俳句をひねる風流人たちがいた。

由蔵たちは飛沫(しぶき)を浴びてすっかり体を清めた気分になった。

不動滝から少し本堂へ戻った林の中に宿坊はあった。

「はい、今年も世話になりますよ」

と顔見知りの宿坊の下男に挨拶すると、

「今津屋様、お待ちしておりました」

と二間続きの部屋に案内された。

どうやら前もって連絡がなされていたようだ。

「今、茶をお持ちしますが、夕食前に装束畠(しょうぞくばたけ)にお狐火を見物に行かれますかな」

と案内の下男に訊かれた。

「今年はお狐様の集まりが例年よりも早いというではないか」

「はい、まったく早うございますよ。毎夜、お狐火が見られるというので、装束畠はなかなかの人出にございます」

「話の種に見に参りますかな」

由蔵は江戸を出るときからその気のようだった。

「私は御免です」

おこんは即座に宿坊に残ることを宣言した。

「ならば男ばかり三人か」

由蔵は磐音と保吉が行くと決めてかかり、そう言った。するとおこんが、

「坂崎さんも行くの。私ひとりだけここに残るなんていやよ」

と結局一休みした後、四人は狐火見物に行くことになった。

「おこんさん、『狐火に王子田圃のよしあしを知る』と狂歌にも歌われるとおり、ここの狐火は農作物の吉凶を占うものでな、人が悪さをしなければお狐様が悪さを仕掛けることはないのですよ」

とおこんを由蔵が安心させた。

由蔵は綿入れをしっかり着込んで、杖を突き、一行の先頭に立つ気だ。

磐音は着古した道中羽織に野袴、腰に備前包平と無銘の脇差を差した。

おこんは道行衣を寒さ避けに着た。

「保吉、蠟燭と火打ち道具を忘れぬようにな」

由蔵に注意された保吉が小田原提灯に替えの蠟燭と火打ち石などを準備した。

小田原提灯を頼りに、すでに薄闇の石神井川へと一行は出た。

小平の窪地を水源にする石神井川は、飛鳥山付近で用水二流に分けて、音無川、

王子川と名を変えた。

さらには不動滝をはじめとする七滝の流れを集め、王子村を東へ流れて戸田川（荒川）と合流した。

「老分さん、先ほど宿坊の男衆が装束畠と申されましたが、なんでございますか」

とおこんが訊いた。

「ああ、装束畠ねえ。衣装榎とも装束榎ともいってな、関八州のお狐様は、これから行く榎の大木に集まるのです。ここで身仕度装束を整え、新年に行列を揃えて王子稲荷に拝礼するので、このことを土地の人は、装束畠、衣装榎と呼んだのですよ」

「まさか、ほんとうに狐火があるとも思えぬ。大晦日の深夜に稲荷社に初詣でに向かう講中の提灯の灯りが、狐火に見えたのでしょうか」

「坂崎様、まあ、見てごらんなさい」

保吉の提げる提灯の灯りを頼りに、音無川と名を変えた流れを外れると、田圃の畦道を進んだ。

野良道が交差する辻に小さな杜があって、一際大きな榎の大木がうすぼんやりと浮かんで見えた。

「あれが衣装榎です」

と言った由蔵は、

「私らもどこぞに腰を落ち着けようか」

由蔵の言葉に、衣装榎を遠目に見渡せる疎水のかたわら、刈り取られた藁が小山に積まれたものを風除けにして一行は陣取ることにした。

田圃の畦道や流れの縁のあちこちに狐火見物の人たちがいると見えて、煙草の火が闇に浮かび、風に乗って話し声が聞こえてきた。

中には酒盛りをしながら狐火を見物する組もいるらしく、なかなか賑やかだ。

「保吉、提灯を消しなされ。お狐様の行列の邪魔になるでな」

由蔵に注意されて保吉が提灯を吹き消した。

すると衣装榎が右手に鮮明に、そして、すうっと視線を左手に送ると王子稲荷の大きな杜が黒々と見えた。

「うちも酒を用意してくると退屈しませんでしたな」

由蔵がそのことを悔いた。

極月の空は急激に暗さを増して、辺りは墨一色の闇に変わろうとしていた。

ぼおっ

という言葉に磐音たちは衣装榎を見た。すると確かに青白い光が一つ、

ふいに、

「狐火だぞ！」

と衣装榎の杜に浮かんで見えた。

「提灯の灯りではないわ」

おこんの声が震えていた。

確かに人間が使う火とは様子を異にして、神秘的な明かりに見えた。

「ああっ、もう一つ」

保吉が衣装榎の後方を差した。

青白い光は地上から二尺ほどの高さにゆらゆらと浮遊していた。

「どうです、坂崎様」

「確かに不思議な明かりですねえ」

「毎年十二月の晦日の夜に、あちこちから狐が集まり、その狐火の様を見て、王子界隈の百姓衆は来年の豊作凶作を占うのだそうです。最近では私ども商人までが来年の商いの好不況を狐火のお告げに頼るようになりましてな」

闇夜に由蔵の声だけが響いた。

その間にも狐火は数を増やして、王子田圃から飛鳥山の闇に無数の明かりを遊ばせていた。

「なかなかの見物(みもの)にございますねえ」

磐音が嘆声を上げ、おこんも、

「この世のものとも思えない景色だわ」

と恐怖も寒さも忘れた声を上げた。

「あっ、飛んだ！」

保吉が新たな驚きの声を上げ、田圃のあちこちに陣取る見物の衆からも歓声が上がった。

無数の狐火が高く低く飛んで、中には弧の光の尾を引きながら交差するものや、地表近くで踊るように上下し、左右に動く明かりもあった。

いつしか由蔵も磐音も狐火の饗宴(きょうえん)に引き込まれて見入っていた。

どれほど狐火は続いたか。

ふいに行列を組んだような列になり、王子田圃の衣装榎から王子稲荷へと動き出した。

「行列だぞ、お狐様の行列だぞ！」

「来年の豊作、間違いなしだな」

どこからともなくそんな声が伝わってきた。

狐火の行列は今しも王子稲荷の杜へ到着し、先頭はさらに石段を上がって社殿から稲荷のお山へと消えていこうとしていた。

ふいに夜空に稲光が疾った。

凄まじい雷鳴が轟（とどろ）き渡り、見物人から悲鳴が上がった。

稲光と雷鳴は一度だけで終わり、それとともに狐火も消えていた。

「いやはや見物でした」

由蔵が思わず呟きを洩らし、

「保吉、提灯に灯りを入れなされ」

と命じた。

そのとき、磐音はおこんの姿が三人の側にないことに気付いた。

「おこんさん、どちらにおられますな」

磐音が辺りに呼びかけた。

「なにっ、おこんさんがいないとな」

由蔵の声も狼狽していた。

保吉がようやく提灯に灯りを点して、周囲を見回した。だが、灯りの中におこんの姿はなかった。

「おこんさん！」

磐音は大声を上げて、呼びかけた。だが、どこからもおこんの返事はなかった。

「まさかお狐様がおこんさんを隠されたのではあるまいな」

由蔵が磐音に言った。

「そんなことはございませぬ」

磐音はきっぱりとその考えを拒んだ。

おこんがいなくなったのは、

一に自らの意思

一に他人の強制的な勾引

の二つしか考えられなかった。

保吉の灯りを頼りに、見物していた場所から放射状に捜索の輪を広げていった。

狐火の見物を終えた人たちの提灯の灯りが、田圃の畦道を王子から飛鳥山へと向かっていく。そんな人込みに、

「そちらに今津屋のおこんさんはおられませぬか」

と問い質したが、

「おこんさんだって。お狐様ならお山に籠もられたぜ」

という冗談しか戻ってこなかった。

磐音たちが見物していた場所から半丁ほど離れた畦道の端に、きらりと光るものを見つけたのは保吉だ。

提灯の灯りに浮かんだのは、銀細工の簪だ。

磐音が拾い上げて、灯りで確かめた。

「おこんさんの持ち物にございます」

手代の保吉がきっぱりと言った。

磐音にも見覚えがあった。

「老分どの、われらが狐火見物に夢中になっている間に、おこんさんを勾引していった者がおるようにございます。お狐様の仕業なら、簪を投げ捨てるのを見逃すはずもございますまい」

「いったいだれが」

「考えられるのは、茶店で諍いを起こした裏伝馬町の深甚流深井市右衛門の門弟根尾らの仕業。それなれば手のうちようもございます」

　と言った磐音は、

「老分どの、まず二手に分かれましょうか。老分どのは保吉どのと宿坊にお戻りくだされ。まさかとは思いますが、おこんさんが自らの考えで宿坊に帰ったことも考えられます」

「坂崎様はどうなさるな」

「根尾らの仕業なれば、まず奴らの宿を探すのが先決にございます。王子から飛鳥山の茶店なり旅籠なりを探して歩きます」

「お願い申します」

　さすがに江戸一番の両替商の老分、肚（はら）を括ったとなるとその返事はきっぱりしていた。

「宿坊におこんさんの姿がないようならば、私どもも坂崎様に合流しますか」

「いえ、老分どのは宿坊にとどまってください。もしや根尾たちからなんぞの要求が入るかもしれません」

「承知しました」

「坂崎様、私は門前町に戻っておこんさんを探しとうございます」

「保吉どの、お願いする」

段取りが決まった三人は王子田圃から一筋の門前町へと戻った。

「坂崎様、よろしく頼みますぞ」

由蔵がその言葉を残して宿坊に戻っていった。

刻限は五つ(午後八時)時分か。

だが救いは、狐火見物が終わったばかりで暖簾は下げられていたが、茶店に灯りが点り、潜り戸などが開いていたことだ。

磐音は一軒一軒、根尾らの風貌(ふうぼう)を述べて、浪人が酒食をしたり、泊まっている様子はないかと問い合わせていった。

だが、どこにもその気配はなかった。

磐音の焦りをよそに時間だけが過ぎていく。もはや旅籠も茶店も潜り戸や通用口を閉め始めていた。

(不逞の浪人たちのこと、どこぞの宿坊か荒れ寺に泊まっているのか)

磐音は土地勘がないことを悔いた。

保吉と出会うこともなかった。おそらく保吉も必死でおこんの行方を訊きまわっているだろう。

磐音は稲荷社の板橋の前で、これからどちらを捜索するか迷った。

そのとき、稲荷社の惣門に灯りが浮かんだ。

それも御用提灯だ。

磐音がそちらへと歩きかけたとき、

「坂崎さんではありませんか」

という声が投げられた。

磐音が提灯の灯りの後ろに立つ声の主を透かし見ると、南町奉行所定廻り同心の木下一郎太が立っていた。

「地獄に仏です」

磐音の声には真実味が籠められていた。

「坂崎さんがなぜ王子稲荷に」

と訝しく問う一郎太に、

「それよりも木下どの、今津屋のおこんさんが勾引されたのです」

とその経緯を慌ただしく語った。

「なんてことだ」

と驚きの言葉を発した一郎太は、

「一度王子稲荷の様子を見てこいとの笹塚様の命で、今朝方からこちらに来ていたのです」

　と自らの御用を明かした。

「助かりました」

「坂崎さん、もう一度念を押しますが、こちらに来る道中、根尾なる者と諍いがあったのですね」

「田端村のおときばばどのの茶店です」

「その後、根尾たちは王子に向かった」

「はい。なんでも狐退治をするために、師匠の深井市右衛門どのは先行して王子村に入っているということでした」

「弥兵衛、不逞の輩が屯しそうな塒を思いつかないか」

　と一郎太が初老の御用聞きに話しかけた。

「二、三、覚えはございます」

　一郎太が磬音を振り返り、

「巣鴨村からこの界隈を縄張りとする、飛鳥山の弥兵衛の父っつぁんにございます」

と磐音に御用聞きを紹介した。

「親分さん、力を貸してくだされ」

磐音が頭を下げると、

「へいっ」

と手短に畏まった弥兵衛が、連れていた手下たちにてきぱきと指示を与えた。

即座に手下たちが草履の音を夜空に響かせて稲荷社の門前から消えた。

「木下様、坂崎様、わっしどもは番屋で待ちましょうか。そのうち、子分どもが吉報を持って戻ってくるでしょうから、それから次の算段を考えるといい」

弥兵衛は一郎太と磐音の二人を王子権現社の北側にある番屋へと導いていった。

その道中、

「坂崎様」

泣きそうな声がして保吉と出会った。

「保吉どの、やはりおこんさんは宿坊に戻っておられぬか」

「はい」

「保吉どの、南町奉行所の木下どのが王子稲荷に来ておられた。こうして強い味方が加わったのだ。おこんさんの行方は今晩じゅうに見つけられよう」

と保吉に一郎太らと会った経緯を告げた。

保吉が一郎太に頭を下げた。

四人は番屋に急いだ。

老人が留守をする番屋には、七輪の火に薬缶がかかり、
しゅんしゅん
と湯気を立てていた。

夜はじりじりと更けて、弥兵衛が放った手下たちが一人ふたりと次々に番屋に戻ってきた。が、だれも顔を横に振った。

「残るは陽吉だけか」

と弥兵衛が呟いたのは、夜半を大きく超えた八つ（午前二時）時分だ。

磐音はただ包平を腕に抱えて瞑目していた。

保吉はまんじりともせず待っていた。

焦る気持ちはあったが、見知らぬ土地で夜中ときている。土地の親分の腕を信じて待つだけだと、磐音も保吉も自らに言い聞かせていた。

八つ半過ぎ、小柄な体が飛び込んできた。

「親分、滝野川村の竹三の納屋に裏伝馬町の連中が巣喰って、狐退治の相談をし

ているということですぜ」

「裏伝馬町の道場主深井市右衛門の一行と確かめたな」

「へえっ。それに狐火見物の女を連れ込んだのを見た近くの百姓がおりましてね。それがおこんさんかどうかまでは調べがついておりやせん」

「よし、押し出すぞ」

弥兵衛の命に、磐音は黙って包平を摑むと立ち上がった。

手下たちがそれぞれ突棒(つくぼう)を手にした。

四

石神井川が西から東に流れ込み、王子権現社を過ぎた辺りで南東へと方向を転じ、呼び名も音無川と変えた。

流れの内側、西南の高台にあるのが飛鳥山だ。

飛鳥山は元々旗本領であった場所だ。

それを享保五年（一七二〇）に将軍吉宗の命で桜を植え、王子権現に寄進した。

今では桜の季節になると江戸から大勢の花見客が訪れる地として知られていた。

磐音たちは飛鳥山の坂道を黙々と上がり、滝野川村に出た。

「親分、あの灯りが竹三の納屋だ」

陽吉が言った。

石神井川が分流して西ヶ原村へと流れる疎水の側に竹邑があって、灯りがちらちらと洩れていた。

どうやら酒盛りでも続けている様子だ。

弥兵衛が提灯の灯りを消させた。

「木下様、まずはわっしが声をかけて、あいつらの反応をみてみますが、よろしゅうございますか」

と弥兵衛が定廻り同心にお伺いを立てた。

「いいだろう」

と許しを与えた一郎太が、

「納屋の出入口は表口だけか」

と確かめた。陽吉が即座に、

「いえ、裏口もございます。納屋といっても、花見の時分に江戸からの客を寝泊まりさせるように、板の間と奥座敷の一間に手が加えてあるのです」

「ならば弥兵衛、手下を二組に分けよ。おれは裏口を、坂崎さんには表口に待機してもらう。弥兵衛の反応次第では一気に押し込むぞ」

「へえっ」

と畏まった弥兵衛が、手下を表組と裏組に分けた。

疎水に架かる土橋を渡ると、竹邑から酒に酔った大声が響いてきた。

「種村、女をおれに回せ。いつまでそう独り占めしておるのだ」

「村上、こやつはおれが好みだと言うておるのだ。女の望みは無視できまい」

「なにを言うか。嫌だ嫌だと泣き叫んでいたではないか」

「嫌だ嫌だも好きのうちってな、そんな文句も知らぬのか」

磐音は耳を塞ぎたくなった。

おこんの父親の金兵衛になんと言い訳をすれば済むのか。

一郎太らの裏組が納屋の後方に回り込んだ。

磐音らの表組が時を見計らって、表口に近付いた。

保吉は磐音のかたわらにいた。

「坂崎様、参ります」

と弥兵衛が十手を握り締めて言うと、静かに戸口に近付いた。そっと手をかけ、

心張棒が支(か)ってあることを確かめた老練な十手持ちが、

「もうし、竹三です。ちょいとお尋ねしたいことがあってめえりました」

と呼びかけた。

納屋の騒ぎが一瞬にしてやんだ。

「竹三にございます」

「かような夜中に大家が何用だ」

「うちの知り合いの娘が狐火見物で行方不明になりましてね、夜中ではございますが、こうして聞き回っているところです」

「娘じゃと、そんなものはおらぬおらぬ」

という狼狽(うろた)えた声がして、戸口の向こうに近付いてきた。

戸の隙間(すきま)から外の様子を窺っているようだ。

心張棒が外されるような物音がした。

すかさず弥兵衛が戸を押し開くと、内側に立っていた浪人の胸に体当たりして土間に転がした。

磐音は屋内へと飛び込んだ。

同時に裏組の木下一郎太らも押し入った。

磐音は、板の間に切られた囲炉裏端で驚きの様子を見せた酔眼の顔を確かめた。

やはりおときばあさんの茶店で会った門弟たちだ。

餓狼のような門弟の間に娘が二人いて、しどけない格好で酒の相手をさせられていた。

だが、おこんの姿はなかった。

磐音は奥の部屋を見た。そちらにも女が一人連れ込まれている様子だ。

「深井先生！」

浪人の一人が奥の座敷に警告の声をかけた。

「何用じゃあ」

侵入者を窺う様子の声が響いた。

「われら、南町奉行所定廻り同心木下一郎太である。狐火見物の娘らを連れ込んだという注進があったによって詮議いたす！」

一郎太の凜とした声が響いた。

「町奉行所などに踏み込まれる謂れはないわ。種村、構わぬ、叩っ斬れ！」

裏伝馬町で深甚流の町道場を開くという深井市右衛門が命じて、女が悲鳴を上げた。

「抵抗いたさば召し捕る！」

一郎太の命令一下、弥兵衛らが十手を構え、突棒を翳して、囲炉裏端から立ち上がって剣を引き抜いた浪人たちに打ちかかった。

磐音は躊躇わず板の間に飛び上がり、奥の座敷に向かった。

その前に立ち塞がるようにして剣を抜き撃ってきた者がいた。

俊敏な動きに磐音が迅速に反応した。

板の間の広さと棟の高さを一瞬にして見取り、備前包平を小さく一閃させた。

この夜の磐音は待ちの剣法を捨てていた。

偏におこんが理不尽な目に遭っているという憤怒がそうさせていた。

相手の抜き撃ちに勝る磐音の一閃が胴を抜き、
げえええっ！

という絶叫と同時にもんどりうって転がった。

磐音は奥へと進んだ。

その眼前に、剣を下げた壮年の剣客が、褌一丁に無紋の小袖を肩に羽織ったまま、帯も巻かずに悠然と姿を見せた。

「深井市右衛門だな」

「いかにも」

「かりにも深甚流の看板を掲げる武術家のする所業か」

「狐退治の前夜祭だ。ちと羽目を外してどこが悪い」

深井はそういうと剣を抜き放ち、鞘を捨てると正眼にとった。

刃渡り一尺七寸余の小太刀だ。

さすがは町道場主、堂々とした構えであった。

「塚原卜伝先生所縁の深甚流を汚す者、許せぬ！」

深甚流は草深甚四郎時信が流祖の剣だ。

草深は廻国修行中に剣聖塚原卜伝と立ち合い、剣で負け、槍試合で勝利した豪の者だ。

その後、草深は卜伝より新当流を習い、深甚流天狗小太刀の祖となった人物である。

深井は流祖の小太刀を継承した剣客のようだ。

磐音は二尺七寸の大包平を正眼に構えた。

土間では、酔った深井の門弟たちと、木下一郎太に指図された弥兵衛と手下たちが乱闘を繰り広げていた。

助勢したいという気持ちを抑えた磐音は正面の敵に集中した。

間合いは半間もない。

板の間と奥座敷には板戸が嵌(はま)り、鴨居があった。

深井と磐音の剣の差は一尺ほどあった。

表の戦いなら一尺の長さは利点になったろう。だが、屋内の闘争の上に、磐音の心は、おこんのことと捕り物騒ぎに千々に乱れていた。

磐音は波立ち騒ぐ心を強引に鎮めつつ、包平を左脇構えに移行させた。

にたり
と敷居際に立つ深井市右衛門が笑った。

脇構えからの攻撃には板戸が身を守ってくれると考えたからだ。

深井は正眼の小太刀を引き付け、息を止めた。

うっ!

圧(お)し殺した気合いとともに深井が腰を沈めて磐音に殺到した。

鋭く、小さく、磐音の肩を袈裟懸けに狙った行動だ。

磐音は憤怒を包平に託して、脇構えから踏み込みざまに一閃させた。

小太刀の袈裟懸けと大包平の胴斬りが屋内に疾った。

磐音の大包平の物打ちが板戸に食い込み、まるで気を切り裂くように両断すると、内懐に入ってきた深井市右衛門の胴を深々と斬り飛ばし、囲炉裏に転がした。灰が舞い、深井は背を丸めて燃え盛る薪（まき）の上に立ち上がろうとしたが、そのまま突っ伏して動かなくなった。

磐音は土間の戦いに目を移した。

酒に酔い喰らった深井の門弟たちを急襲した木下一郎太と弥兵衛らが、ほぼ制圧していた。

それを確かめた磐音は奥座敷に飛び込んだ。

「おこんさん」

長襦袢一枚の娘が部屋の隅で身を震わせて泣いていた。

娘が顔を上げた。

おこんではなかった。

「南町奉行所の探索じゃ、安心いたせ。もはや心配いらぬ」

そう優しく言いかけた磐音は、包平を血振りして鞘に納めると、娘の脱がされた綿入れ小袖を拾い、震える体に着せかけた。

磐音は板の間にとって返した。

土間から保吉が、

「おこんさんは無事にございますか」

と訊いてきた。

「いや、おこんさんではなかった」

弥兵衛は泣きじゃくる娘たちを落ち着かせようと、白湯（さゆ）を注（つ）いだ茶碗を渡していた。

「坂崎さん、おこんさんとは違いましたか」

囲炉裏から深井市右衛門の体を板の間に引き出した一郎太も訊いてきた。

「別人です」

と答えながら、捕縛された深井の門弟たちの顔を確かめた。

おときばあさんの茶店で磐音と争った根尾勘右衛門の姿がなかった。

磐音は土間に飛び降りると今一度包平を抜いた。

深井市右衛門を斬った包平を一人の門弟の首筋に、

ぴたり

と当てた。

「根尾勘右衛門はどこへ参ったな」

「知らぬ」

と言いかけた門弟は磐音の険しい顔に身じろぎした。

「それがし、深井市右衛門どのと今ひとりそなたの朋輩を斬った。そなたを斬るに迷いはない」

「申す申す」

と相手が恐怖に両眼を見開き、

「そなたの連れの女を探しに行くと出かけたまま戻ってこぬのだ。いや、嘘ではない、ほんとのことだ」

と必死の抗弁を繰り返した。

磐音と一郎太が顔を見合わせた。

「旦那、一からやり直しだ」

と弥兵衛が言った。

「ならば番屋に戻り、態勢を立て直そう」

木下一郎太の決断に磐音は外に出た。

保吉が磐音の後を追いかけるようにして出てきて、

「坂崎様」

と泣き声を上げた。

「諦めてはならぬ」

磐音は己に言い聞かせるように保吉に答えていた。


番屋に戻ったとき、夜が白み始めていた。

石神井川のほかに何本もの細流が網の目のように交差する王子界隈には、水面から立ち昇る靄が漂っていた。

番屋では老番太が居眠りしている。

「弥兵衛、根尾勘右衛門がおこんさんを連れ込むとしたら、どこだ」

「それを道々考えてきたんですが、思いつかなくて」

土地の御用聞きの弥兵衛が苦渋に満ちた顔をした。

そのとき、通りに慌ただしい足音がして、番屋の障子戸が乱暴に引き開けられた。

血相を変えた男がなにかを叫びかけ、

「あわあわ」

と一郎太ら大勢に見据えられて言葉を詰まらせた。

「兄さん、なんぞ見つけなすったか」

初老の御用聞きが落ち着かせるように穏やかに話しかけた。

「お、親分かえ。稲荷社に向かう山道によ、侍の死体が転がってるぜ」

「なんだと。社殿裏の山道のことだな」

「言うには及ばねえよ。おれと仲間が山の頂の稲荷社に朝参りに行こうと山道を登っていたらよ、道の真ん中に大の字になって侍が倒れているじゃねえか。いやはや、驚いたのなんのって」

通報者は江戸からの王子稲荷詣での職人のようだ。

「斬られて死んだ感じかえ」

弥兵衛がさらに訊くと、

「いやさ、真っ黒焦げでよ、気味が悪くてよく見てねえや」

弥兵衛が一郎太と磐音を見た。

「確かだよう」

「兄さん、案内(あない)してくんな」

「へえっ」

と勢いづいた通報者を先頭に、再び磐音たちは朝靄の流れる王子稲荷へと駆け出した。

惣門から広場、鳥居を潜って石段を走り上がり、社殿を横目に見て、石段から山道へ入った。

道幅半間の山道がうねうねと稲荷社まで小さな尾根伝いに続いていた。

鬱蒼（うっそう）とした林を駆け上がること二丁、通報者の仲間らしい男が足踏みしながら待っていた。

「太郎吉、遅いじゃねえか」

「おれだって必死で走ったんだよ。見な、お役人まで連れてきたんだぞ」

二人が言い合うのをよそに、磐音たちは山道を塞ぐ黒焦げの死体を囲んだ。

「これは」

南町奉行所の定廻り同心が思わず驚愕（きょうがく）の声を洩らしたほど、死体は黒焦げになって、肉が裂け、骨が見えているところもあった。真っ黒の顔に恐怖を残していた。

磐音は死体の身丈、黒焦げの袷に袴、差料などから判断して、根尾勘右衛門に間違いないと判断した。

「木下どの、親分、こやつがおこんさんを攫（さら）った根尾勘右衛門です。顔は焼け焦げていますが間違いない」

　磐音はおときばあさんが貸してくれた心張棒で叩いた拳の腫れを示した。そこだけがふっくらと盛り上がり、切り裂いた手拭いで巻かれていた。

「こやつ、昨夜の稲妻に打たれたのでしょうか」

「この黒焦げからするとそんな按配だな」

　弥兵衛と木下が会話を交わしていたが、弥兵衛の十手の先が首筋を差して、燃えた襟首を広げた。

「旦那、これはなんですねえ」

　根尾勘右衛門の首筋だけが雷に打たれた痕がなく、その膚にくっきりと歯形が刻まれていた。

「こりゃ、人の仕業じゃねえな。なんぞ生き物ですぜ」

「弥兵衛、まさか狐ということはあるまいな」

　一郎太が言い、そんなことはあるまいというふうに顔を横に振って自ら打ち消した。

　しばらく沈思していた弥兵衛が、

「木下様、こりゃあ、旦那が言われるとおり、お狐様の噛み痕だ。悪さをした懲らしめに嚙まれて、雷に打たれたんだ」

一郎太と磐音は顔を見合わせた。

「となると、おこんさんはどうなった」

一郎太の問いには弥兵衛も答えられなかった。

山道の上から新たな足音が響いた。

白衣(びゃくえ)の男が山道を降りてきた。が、山道を塞ぐ磐音たちにびっくりして足を止めた。

「どうなされたね、祝子(はふり)さん」

「これは巣鴨村の親分か」

と言いながら、山道に倒れた根尾勘右衛門の黒焦げ死体を見て、
ぎょっ
とした。

祝子、または祝とは、宮司や神主や禰宜(ねぎ)の下で働く神職の一つだ。

「なにを慌てていなさる」

弥兵衛の重ねての問いに祝子が、

「いやさ、見知らぬ女が稲荷社に迷い込んできておるのだ。なにを聞いても当人

の魂はどこぞに飛んでいるようで答えにならぬ」

「女の歳の頃はどうだえ」

「二十歳過ぎかねえ、見目麗しい娘さんだ」

「おこんさんのようだ」

　一郎太が言って、

「娘が一人狐火見物に行って昨夜から行方が分からなくなっているのだ」

　と祝子に説明し、

「案内してもらおうか」

　と頼んだ。

「はい」

　と返事した祝子が、

「この方は」

　と訊いた。

「祝子さん、この侍が、おめえさんが見つけた娘を勾引して悪さをしようとしたらしい。ところが昨夜の雷に打たれてこの始末だ」

　と弥兵衛が言うと、

「この嚙み傷をどう見なさる」

と祝子に首筋の傷を見せた。

恐る恐る覗き見た祝子が、

「こりゃあ、お狐様の嚙み痕だ」

と即座に断定した。

「よし、行こう」

磐音たちは頂きの稲荷社に急ぎ向かった。

祝子たち何人かが稲荷社の外から小さな社殿を取り囲んでいた。

そして、社殿の中からなんとも雅なわらべ唄が聞こえてきた。

澄み切った声はゆったりとした抑揚で続き、それはおこんの声のようにも、また別人の声のようにも聞こえた。

「坂崎さん、おこんさんかどうか確かめてください」

一郎太の親切に、磐音だけが社殿への階段を上がった。

すると薄暗い社殿の中央におこんが横座りに座り、自分の乱れ髪を指先で撫でながら唄を歌っていた。

「おこんさん」

磐音の問いかけも聞こえないのか、おこんは無心に髪を撫で、唄を歌っている。

「おこんさん、坂崎磐音でござる」

おこんの反応はまったくない。

魂が虚空に浮遊してこの世にはないようだ。

磐音は石段を降りると、不安そうな顔で待つ一郎太に、

「おこんさんであっておこんさんではござらぬ」

「どうなされますな」

磐音は社殿の手洗い場に向かうと、山から流れくる岩清水に備前包平を抜いて晒し、深井市右衛門の血のりをきれいに洗い清めた。

二尺七寸の刀身を虚空に振って水を切ると、再び社殿へと向かった。

おこんは相変わらず横座りのまま、顔を下向きにして唄を歌っていた。

(おこんさん、気をしっかりと取り戻すのだ)

磐音は心のうちでそう念じると、おこんの前に両足を開いて立った。

「南無八幡大菩薩、われに神通力をお与えくだされ!」

磐音の腰が沈み、包平を頭上に振りかぶった。

神経を集中し、心を無にした。

振り下ろされた。

裂帛(れっぱく)の気合いが稲荷社の社殿を揺るがし、包平が一閃されて、おこんの頭へと

「ええいっ!」

一条の光が円弧を描いて舞い落ち、おこんの脳天に寸止めで、

ぴたり

と止まった。するとおこんの頭あたりからうすぼんやりした光が飛び散った。

はっ

とおこんが顔を上げ、両眼を見開くと辺りを見回し、磐音を認めた。

「あら、私、なんでこんなところにいるのよ」

「気がつかれたか」

「夢でも見ていた気分」

と言っておこんが磐音を、そして木下一郎太を見て、

「私、どうしたの」

と訊いた。

「おこんさん、狐火見物に行ったことを覚えているな」

「思い出した!」

と叫んだおこんは、

「お狐様の行列を見ているうちに、なんとなく立ち上がっていたのよ。そしたら、いきなりだれかが私の口元を押さえて担ぎ上げたじゃない」

「根尾勘右衛門じゃな」

「そうそう、よく知っているわねえ。そのことに気がついたとき、頭を振って簪なんかを振り落としたのよ。とにかく坂崎さんたちに知らせようと必死だったの」

「簪は見つけた。ほれ、ここにある」

磐音は懐に入れていた銀の簪をおこんの手に戻した。

「それからどうしたな」

「うーん、どこから夢が始まったのか……」

おこんは根尾勘右衛門の肩の上で暴れた。

(もう今津屋に戻れなくなる。お父っつぁんばかりか、旦那様をはじめ、老分さん方にも会えなくなる)

そう考えたおこんの脳裏に磐音の顔が浮かび、

「助けて！」

と叫んでいた。

その瞬間、根尾勘右衛門の肩に担がれていたおこんは、
ふわり
と虚空に浮かんだような錯覚を持った。

狐火がちらちらと周りに飛び、根尾までもが足を虚空にばたつかせて狼狽していた。

(なにが起こっているのだろう)

深い夢を見ている気分で辺りを舞い躍る狐火に見入っていた。

耳元で根尾勘右衛門が、

「狐めが悪さをいたすか。このままには捨て置かぬぞ！」

と叫んだ瞬間、雷鳴が轟き、おこんの意識は途絶えた。

「……私、また雷鳴に打たれたようで目を覚ましたら、坂崎さんが目の前にいたのよ」

「よかった、無事でよかった」

とおこんの前に座り込む磐音の視線に、

「なにが起こったんだろう」
と自問するおこんの瞼に涙がこんもりと浮かび上がり、
「そうだ、坂崎さんが助けてくれたんだ」
と叫んだおこんが、
わあっ
と泣き伏し、磐音の胸に縋りついた。

その日、今津屋の稲荷社の前では主の吉右衛門以下奉公人が集まって、掃除がおこなわれた。

新しい赤幟に変えられ、お狐様の好物の油揚げが供せられた。

その後、全員が小さな社殿を拝して、おこんが無事に戻ってきた礼を述べた。

むろん当のおこんの姿も、磐音の姿もあった。

おこんは江戸に戻る道中、

「なんだか気分がすっきりして気持ちがいいわ」

と何度も繰り返した。

「おこんさん、お狐様の世界を覗いたものは、江戸広しといえどもそうたくさんはおりますまい。得がたき体験をなされたものだ」

と由蔵たちの一行に加わった木下一郎太が応じた。

一郎太は裏伝馬町の深甚流町道場主深井市右衛門と門弟たちの騒動の仮始末をつけて、最終的な指示を年番方与力笹塚孫一に受けるべく江戸に戻ろうとしていた。

この知らせは今津屋を大騒ぎさせたが、なにしろ当のおこんが気分爽快で元気というのだ、

「まあ、不幸中の幸いでした」

と吉右衛門以下奉公人一同胸を撫で下ろし、敷地の稲荷社にお礼を申し上げることにしたのだ。

「あとは世間がそっとしておいてくれるとよいがな」

由蔵はこのことを案じていた。

その心配があたり、一件を報じる読売が江戸の町に飛び交った。

その一枚を両国東広小路の人込みの中で手に入れたどてらの金兵衛は、煽(あお)り立てるように書かれた記事を速読した。

〈本極月は王子稲荷の里に関八州のお狐様がいつもの年に比べても多く集い、賑

やかなり。里人はこれなれば来年の豊作間違いなしと噂し合いたり。

　そのことを予兆するような騒ぎが勃発したのは、一昨日の夜半なり。

　両国西広小路、江戸両替商今津屋の奥向き女中のおこんさんは、今小町と評判の美形なりしが、老分番頭の由蔵さんらと主の代参にて王子稲荷に詣で、そのついでに衣装榎に狐火の見物をなしたり。

　その最中、不逞の浪人某がおこんさんの美貌に目をつけて勾引し、悪さを仕掛けようとなしたり。

　ああ、おこんさん、危うし。

　日頃信心の王子稲荷大明神に助けを求めしところ、あら不思議やな、あら訝しやな。突如夜空に雷鳴が轟き渡り、浪人某はその雷鳴に打たれて悶死したり。またその死骸の首筋には、はっきりとお狐様の噛み痕が残されておりしとか。

　これ、王子のお狐様の役得と言わずしてなんぞや。

　それに見よ。

　悪さを仕掛けられたおこんさんの名もその父親の名の金兵衛さんも、

「おこん金々おこんこんこんこん……」

　と日頃から稲荷様の信心厚きがゆえの奇跡なり。江戸の者は金兵衛、おこんの

親子はお狐様の化身なりと噂せしとか……〉

読売を読み下した金兵衛が、

「なにをいい加減なことをぬかしやがる。だれがお狐様の化身なんだよ」

と吐き捨てた。

雑踏を師走の冷たい風が吹き抜けた。

首をどてらの襟に埋めた金兵衛が思わず、

こんこん

と咳(せき)をした。

本書は『居眠り磐音　江戸双紙　狐火ノ杜』（二〇〇三年十一月　双葉文庫刊）に
著者が加筆修正した「決定版」です。

編集協力　澤島優子
地図制作　木村弥世
DTP制作　ジェイ　エスキューブ

文春文庫

狐火ノ杜（きつねびのもり）
居眠り磐音（七）決定版（いねむりいわねけつていばん）

定価はカバーに
表示してあります

2019年5月10日　第1刷

著　者　佐伯泰英（さえきやすひで）
発行者　花田朋子
発行所　株式会社　文藝春秋

東京都千代田区紀尾井町 3-23　〒102-8008
TEL　03・3265・1211(代)
文藝春秋ホームページ　http://www.bunshun.co.jp

落丁、乱丁本は、お手数ですが小社製作部宛お送り下さい。送料小社負担でお取替致します。

印刷製本・凸版印刷

Printed in Japan
ISBN978-4-16-791283-3

居眠り磐音

友を討ったことをきっかけに江戸で浪人暮らしの坂崎磐音。隠しきれない育ちのよさとお人好しな性格で下町に馴染む一方、〃居眠り剣法〃で次々と襲いかかる試練と敵に立ち向かう！

※白抜き数字は続刊

居眠り磐音〈決定版〉順次刊行中！

① 陽炎ノ辻 かげろうのつじ
② 寒雷ノ坂 かんらいのさか
③ 花芒ノ海 はなすすきのうみ
④ 雪華ノ里 せっかのさと
⑤ 龍天ノ門 りゅうてんのもん
⑥ 雨降ノ山 あふりのやま
⑦ 狐火ノ杜 きつねびのもり
❽ 朔風ノ岸 さくふうのきし
❾ 遠霞ノ峠 えんかのとうげ
❿ 朝虹ノ島 あさにじのしま
⓫ 無月ノ橋 むげつのはし
⓬ 探梅ノ家 たんばいのいえ
⓭ 残花ノ庭 ざんかのにわ
⓮ 夏燕ノ道 なつつばめのみち
⓯ 驟雨ノ町 しゅううのまち

⑯ 螢火ノ宿 ほたるびのしゅく
⑰ 紅椿ノ谷 べにつばきのたに
⑱ 捨雛ノ川 すてびなのかわ
⑲ 梅雨ノ蝶 ばいうのちょう
⑳ 野分ノ灘 のわきのなだ
㉑ 鯖雲ノ城 さばぐものしろ
㉒ 荒海ノ津 あらうみのつ
㉓ 万両ノ雪 まんりょうのゆき
㉔ 朧夜ノ桜 ろうやのさくら
㉕ 白桐ノ夢 しろぎりのゆめ
㉖ 紅花ノ邨 べにばなのむら
㉗ 石榴ノ蠅 ざくろのはえ
㉘ 照葉ノ露 てりはのつゆ
㉙ 冬桜ノ雀 ふゆざくらのすずめ
㉚ 侘助ノ白 わびすけのしろ
㉛ 更衣ノ鷹 きさらぎのたか 上
㉜ 更衣ノ鷹 きさらぎのたか 下
㉝ 孤愁ノ春 こしゅうのはる
㉞ 尾張ノ夏 おわりのなつ
㉟ 姥捨ノ郷 うばすてのさと
㊱ 紀伊ノ変 きいのへん
㊲ 一矢ノ秋 いっしのとき
㊳ 東雲ノ空 しののめのそら
㊴ 秋思ノ人 しゅうしのひと
㊵ 春霞ノ乱 はるがすみのらん
㊶ 散華ノ刻 さんげのとき
㊷ 木槿ノ賦 むくげのふ
㊸ 徒然ノ冬 つれづれのふゆ
㊹ 湯島ノ罠 ゆしまのわな
㊺ 空蟬ノ念 うつせみのねん
㊻ 弓張ノ月 ゆみはりのつき
㊼ 失意ノ方 しついのかた
㊽ 白鶴ノ紅 はっかくのくれない
㊾ 意次ノ妄 おきつぐのもう
㊿ 竹屋ノ渡 たけやのわたし
51 旅立ノ朝 たびだちのあした

書き下ろし〈外伝〉

① 奈緒と磐音 なおといわね
② 武士の賦 もののふのふ

文春文庫　書きおろし時代小説

（　）内は解説者。品切の節はご容赦下さい。

あさのあつこ
燦 7 天の刃
田鶴藩に戻った燦は、篠音の身の上を聞き、ある決意をする。城では圭寿が、藩政の核心を突く質問を伊月の父・伊佐衛門に投げかけていた――。少年たちが闘うシリーズ第七弾。
あ-43-17

あさのあつこ
燦 8 鷹の刃
遊女に堕ちた身を恥じながらも燦への想いを募らせる篠音に、伊月は「必ず燦に逢わせる」と誓う。一方その頃、刺客が圭寿に放たれ――三人三様のゴールを描いた感動の最終巻！
あ-43-18

井川香四郎
男ッ晴れ　樽屋三四郎 言上帳
奉行所の目が届かない江戸庶民の人情と事情に目配りし、事件を未然に防ぐ闇の集団・百眼（ひゃくまなこ）と、見かけは軽薄だが熱く人間を信じる若旦那・三四郎が活躍する書き下ろしシリーズ第1弾。
い-79-1

井川香四郎
千両仇討（あだうち）　寅右衛門どの 江戸日記
なんと本物のお殿様におさまってしまった与多寅右衛門、さっそく藩政改革に乗り出すが。古典落語をモチーフにした人気シリーズ第四弾は、人情喜劇にして陰謀渦巻く時代活劇に？
い-79-19

井川香四郎
殿様推参　寅右衛門どの 江戸日記
潰れた藩の影武者だった寅右衛門どのが、いまや本物の殿様にして若年寄。出世しても相変わらずそこつ長屋に出入りし、仲間とともに幕政改革に立ち上がる。ついに最後？の大活躍。
い-79-20

稲葉 稔
ちょっと徳右衛門　幕府役人事情
剣の腕は確か、上司の信頼も厚いのに、家族が最優先と言い切るマイホーム侍・徳右衛門。とはいえ、やっぱり出世も同僚の噂も気になって…新感覚の書き下ろし時代小説！
い-91-1

稲葉 稔
ありゃ徳右衛門　幕府役人事情
同僚の道ならぬ恋を心配し、若造に馬鹿にされ、妻は奥様同士のつきあいに不満を溜めている。リアリティ満載の新感覚時代小説！　家庭最優先の与力・徳右衛門シリーズ第二弾。
い-91-2

（　）内は解説者。品切の節はご容赦下さい。

稲葉 稔
やれやれ徳右衛門
幕府役人事情
色香に溺れ、ワケありの女をかくまってしまった部下の窮地を救えるか？　役人として男として、答えを要求されるマイホーム侍・徳右衛門。果たして彼は〝最大の敵〟を倒せるのか。
い-91-3

稲葉 稔
疑わしき男
幕府役人事情　浜野徳右衛門
与力・津野惣十郎に絡まれた徳右衛門。しまいには果たし合いを申し込まれる。困り果てていたところに起こった人殺し事件。徒目付の嫌疑は徳右衛門に――。危うし、マイホーム侍！
い-91-4

稲葉 稔
五つの証文
幕府役人事情　浜野徳右衛門
従兄の山崎芳則が札差の大番頭殺しの容疑をかけられた。潔白を証明せんと一肌脱ぐ徳右衛門。が、そのせいで妻のあらぬ疑いを招くはめに。われらがマイホーム侍、今回も右往左往！
い-91-5

稲葉 稔
すわ切腹
幕府役人事情　浜野徳右衛門
剣の腕を買われ、火付盗賊改に加わった徳右衛門。大店に押し入った賊の仲間割れで殺された男により、窮地に立つことに。何よりも家族が大事なマイホーム侍シリーズ、最終巻。
い-91-6

上田秀人
奏者番陰記録
遠謀
奏者番に取り立てられた水野備後守はさらなる出世を目指し、松平伊豆守に服従する。そんな折、由井正雪の乱が起こり、備後守はその裏にある驚くべき陰謀に巻き込まれていく。
う-34-1

風野真知雄
耳袋秘帖
妖談うつろ舟
江戸版UFO遭遇事件と目される「うつろ舟」伝説。深川の白蛇、幽霊を食った男…。怪奇が入り乱れる中、闇の者とさんじゅあんの謎を根岸肥前守はついに解き明かすのか？　堂々の完結篇。
か-46-23

文春文庫　書きおろし時代小説

（　）内は解説者。品切の節はご容赦下さい。

篠　綾子
黄蝶の橋
更紗屋おりん雛形帖
犯罪組織「子捕り蝶」に誘拐された子供を奪還すべく奔走するおりん。事件の真相に迫ると、藩政を揺るがす悲しい現実があった。少女が清らかに成長していく江戸人情時代小説。（葉室　麟）
し-56-2

篠　綾子
紅い風車
更紗屋おりん雛形帖
勘当され行方知れずとなっていた兄・紀兵衛と再会したおりん。喜びもつかの間、兄の修業先・神田紺屋町で起こった染師毒殺事件の犯人として紀兵衛が捕縛されてしまう。（岩井三四二）
し-56-3

篠　綾子
山吹の炎
更紗屋おりん雛形帖
ついに神田に店を出すことになり更紗屋再興に近づいたおりん。ところが大火で店が焼けてしまう。身を寄せた寺で出会ったお七という少女が、おりんの恋に暗い翳を落とす。（大矢博子）
し-56-4

篠　綾子
白露の恋
更紗屋おりん雛形帖
想い人・蓮次が吉原に通いつめ、生まれて初めて恋の苦しさと嫉妬に翻弄されるおりん。一方、熙姫は亡き恋人とおりんのために将軍綱吉の大奥入りへと心を動かされ…。（細谷正充）
し-56-5

篠　綾子
紫草（むらさき）の縁（ゆかり）
更紗屋おりん雛形帖
弟の仇討のため江戸を出た蓮次と別れたおりんは、悲しみから、針を持てず縫物ができなくなってしまう。大奥入りした熙姫の依頼で、将軍綱吉主催の大奥衣裳対決に臨むが……。（菊池　仁）
し-56-6

鳥羽　亮
鬼彦組
八丁堀吟味帳
北町奉行所同心の惨殺屍体が発見された。自殺にみせかけた殺人事件を捜査しているうちに、消されたらしい。吟味方与力・彦坂新十郎と仲間の同心達は奮い立つ！　シリーズ第1弾！
と-26-1

（　）内は解説者。品切の節はご容赦下さい。

鳥羽　亮
八丁堀吟味帳「鬼彦組」
謀殺

呉服屋「福田屋」の手代が殺された。さらに数日後、番頭らが辻斬りに。尋常ならぬ事態に北町奉行所吟味方与力・彦坂新十郎の率いる精鋭同心衆「鬼彦組」が捜査に乗り出した。シリーズ第2弾。

と-26-2

鳥羽　亮
八丁堀吟味帳「鬼彦組」
闇の首魁

複雑な事件を協力しあって捜査する「鬼彦組」に、同じ奉行所内の上司や同僚が立ちふさがった。背後に潜む町方を越える幕府の闇に、男たちは静かに怒りの火を燃やす。シリーズ第3弾。

と-26-3

鳥羽　亮
八丁堀吟味帳「鬼彦組」
裏切り

日本橋の両替商を襲った強盗殺人。手口を見ると殺しのほかは十年前に巷を騒がした強盗「穴熊」と同じ。だが昔の一味は、鬼彦組の捜査を先廻りするように殺されていた。シリーズ第4弾。

と-26-4

鳥羽　亮
八丁堀吟味帳「鬼彦組」
はやり薬（ぐすり）

江戸の町に流行風邪が蔓延。人気医者・玄泉が出す万寿丸は飛ぶように売れたが、効かないと直言していた町医者が殺された。いぶかしむ鬼彦組が聞きこみを始めると――。シリーズ第5弾。

と-26-5

鳥羽　亮
八丁堀吟味帳「鬼彦組」
謎小町

先ごろ江戸を騒がす「千住小僧」を追っていた同心が殺された！　後を追う北町奉行所特別捜査班・鬼彦組に、闇の者どもの「親子の情」が立ちふさがった。大人気シリーズ第6弾！

と-26-6

鳥羽　亮
八丁堀吟味帳「鬼彦組」
心変り

幕府の御用だと偽り戸を開けさせ強盗殺人を働く「御用党」。北町奉行所の特別捜査班・鬼彦組に追い詰められた彼らは、女医師を人質にとるという暴挙にでた！　大人気シリーズ第7弾。

と-26-7

鳥羽　亮
八丁堀吟味帳「鬼彦組」
惑い月

賭場を探っていた岡っ引きが惨殺された。手札を切っていた同心にも脅迫が――。精鋭同心衆の「鬼彦組」が動き出す！　倉田佐之助の剣が冴える、人気書き下ろし時代小説第8弾。

と-26-8

文春文庫　書きおろし時代小説

（　）内は解説者。品切の節はご容赦下さい。

鳥羽　亮
八丁堀吟味帳「鬼彦組」
七変化

同心・田上与四郎の御用聞きが殺された。与力の彦坂新十郎は事件の背後に自害しているはずの「目黒の甚兵衛」の影を感じる――果たして真相は？　人気書き下ろし時代小説第9弾。

と-26-9

鳥羽　亮
八丁堀吟味帳「鬼彦組」
雨中の死闘

連続して襲撃される鬼彦組同心の御用聞きたち。やがて明らかになる意外で強大な敵とは？　危険な戦いの中で倉田の剣が冴える、鳥羽亮の大人気書き下ろし時代小説第10弾。

と-26-10

鳥羽　亮
八丁堀吟味帳「鬼彦組」
顔なし勘兵衛

ある夜廻船問屋「黒田屋」のあるじと手代が惨殺された。賊は複数いるらしい……。「鬼彦組」は探査を始めるが、なんと新十郎が襲撃されて傷を負う――緊迫のシリーズ最終作。

と-26-11

鳥羽　亮
八丁堀「鬼彦組」激闘篇
狼虎の剣

立て続けに発生する、左腕を斬り落とし止めを刺す残虐な辻斬り事件。江戸の町は恐怖に染まった。事態を重く見た奉行所は「鬼彦組」に探索を命じる。賊どもの狙いは何か！

と-26-12

鳥羽　亮
八丁堀「鬼彦組」激闘篇
暗闘七人

廻船問屋・松田屋はある藩の交易を一手に引き受けていたが、不審な金の動きに気づいた若旦那が調べ始めた矢先に殺されたという。鬼彦組が動き始める。

と-26-13

野口　卓
ご隠居さん

腕利きの鏡磨ぎ師・梟助じいさん。江戸に暮らす人々の家に入り込み、落語や書物の教養をもって面白い話を披露、時には事件を鮮やかに解決します。待望の新シリーズ。　（柳家小満ん）

の-20-1

「春日坂高校漫画研究部 第4号 恋愛オンチは悪魔と踊る！」の感想をお寄せください。
おたよりのあて先
〒102-8078 東京都千代田区富士見1-8-19
株式会社KADOKAWA 角川ビーンズ文庫編集部気付
「あずまの章」先生・「ヤマコ」先生・「島陰涙亜」先生
また、編集部へのご意見ご希望は、同じ住所で「ビーンズ文庫編集部」
までお寄せください。

春日坂高校漫画研究部(かすがざかこうこうまんがけんきゅうぶ)

第4号(だいごう) 恋愛(れんあい)オンチは悪魔(あくま)と踊(おど)る！

あずまの章(しよう)

角川ビーンズ文庫 BB92-7 21599

令和元年5月1日 初版発行

発行者———三坂泰二
発 行———株式会社KADOKAWA
〒102-8177 東京都千代田区富士見2-13-3
電話 0570-002-301（ナビダイヤル）
印刷所———暁印刷 製本所———BBC
装幀者———micro fish

ISBN978-4-04-102948-0 C0193 定価はカバーに表示してあります。